ようこそ「べんり屋、寺岡」へ！

『べんり屋、寺岡《てらおか》の春。』は『べんり屋、寺岡の夏。』『べんり屋、寺岡の秋。』『べんり屋、寺岡の冬。』に続くシリーズ第四弾《だん》です。

べんり屋、寺岡のお話は、これでひとまずおしまいです。

小さなべんり屋、寺岡をめぐる人々《ひとびと》の物語を、四つの季節にわたってお届《とど》けできたことを、とても幸せに思っています。

この本をひらいてくださって、ほんとうにありがとうございます。

中山聖子

べんり屋、寺《てら》岡《おか》の春。

中山聖子

もくじ

一　むしろウェルカム

今年度最後の席がえが行われている五年二組の教室は、不安とわくわく感が合わさって、発射《はっしゃ》直前のロケットを見守る部屋のようになっていた。
もちろんわたしは、そんな部屋になど行ったことはなくて、ニュースで見ただけなのだけれど。
同じ学年の子ばかりが三十人もつめこまれ、一日の大半をいっしょに過ごす教室では、席順がとても重要だ。このクラスは、黒板に向かって二人ずつ机《つくえ》をくっつけて並《なら》ぶことになっているから、となりの席がとても気になる。
以前わたしは、磯村《いそむら》というお調子者のとなりの席になり、一か月以上もつらい日々《ひび》を強《し》いられた。

授業中《じゅぎょうちゅう》にふざけたり、発表する人をからかったり、消しゴムやものさしをしょっちゅう貸《か》してくれと言ってきたりで、とにかくうるさかった。

テストが返されるたびに横からのぞきこむし、給食のときにはくだらないギャグで笑わせようとするから、本気でムカついた。

磯村は、ただでさえわたしのことを、「べんり屋」だの「べんり屋寺岡《てらおか》」だのと呼《よ》ぶから腹《はら》が立つ。べんり屋はうちの家業であって、名前ではない。

わたしの名前は、寺岡美舟《みふね》だ。

今の席は真ん中から少しうしろで、となりにはかわいい亜衣《あい》ちゃんが座《すわ》っている。ななめ前には親友の真帆《まほ》もいて、授業は落ちついて受けられるし、席の近い六人で机をくっつけ合うことになっている給食の時間も、楽しく過ごすことができる。

(次の席も、どうか女子のとなりになりますように)と祈《いの》っていたら、廊下側《ろうかがわ》から二列目の一番前に座る、筒井《つつい》君の姿《すがた》が目に入った。そのとたん、(いや、でも筒井君ならオッケーです。というか、むしろウェルカム)と、思ってしまった。

ついさっき、わたしたちはひとりずつ、空《から》の菓子箱《かしばこ》に入れられた小さなカードを引かされた。人数分の番号が記されているそのカードと、あらかじめ用意された座席表《ざせきひょう》の番号とを照らし合わせて、席が決まることになっている。

担任《たんにん》の初美《はつみ》先生が、にやにやしながら座席表の書かれた大きな紙を黒板に広げた。

そして、四隅《よすみ》を丸い磁石《じしゃく》で固定したとたん、「げっ、また一番前かよ！」だの、「オーマイガッ！」だのという声が、教室中に飛びかった。

「しーっ、静かにして。となりのクラスに迷惑《めいわく》だから。」

あわてる初美先生を、みんなで無視《むし》してさわいでいたら、

「だから、うるさいっつってんでしょう！」

と、キレられてしまった。

初美先生は、この浜里《はまさと》小学校ではめずらしく、お化粧《けしょう》や服装《ふくそう》に気をつかう女子力の高い先生だ。しかし、怒《おこ》るとけっこうコワい。

わたしのカードは二十四番。廊下側《ろうかがわ》の一列目で、前から三番目の席だった。あまり目

立たない場所だから、とりあえずほっとする。

「それじゃあみんな、できるだけ素早《すばや》く移動《いどう》して。」

初美先生のかけ声で、ふたたび教室はにぎやかになった。

新しい席について左を見ると、檀上《だんじょう》さんと目が合った。小柄《こがら》な亜衣《あい》ちゃんと違《ちが》って、ふっくらしている檀上さんがとなりに座《すわ》ると、ずいぶん迫力《はくりょく》がある。

仲良しの真希《まき》ちゃんとばかり行動している檀上さんとは、あまり話したことがない。

少しえんりょがちに、

「となりに引《ひ》っ越《こ》してきた寺岡《てらおか》でぇす。」

と言ってみると、

「どーもよろしく、檀上です。」

檀上さんは、あごを引いてクッと笑った。

ノートや教科書を引き出しにしまい、教室を見回して筒井《つつい》君をさがすと、窓際《まどぎわ》の一番うしろに座っていた。なんと、筒井君のすぐ前には真帆《まほ》がいる。(いいなあ真帆は)と思ったけれど、真帆《まほ》にとっては、きっとどうでもいいことだろう。

筒井森人《つついもりと》君は、背《せ》が高い。

手足も長くてスマートだけれど、頭がけっこう大きいうえに髪《かみ》がボサボサしているから、モデルさんのようにカッコいいというわけではない。

ただ、いつもかけている黒縁《くろぶち》メガネが、やさしそうな丸顔によく似合《にあ》っていると思う。

このあたりの小学校では、四年生になったころから、男子はたいていサッカーか野球のスポーツ少年団《しょうねんだん》、通称《つうしょう》スポ少に入る。そのふたつは学校内の二大勢力《せいりょく》で、スポ少に入っていない少数派《しょうすうは》の男子たちは、なんとなく存在感《そんざいかん》がうすれていってしまう。

けれど筒井君は、五年生になった今もスポ少には入っていない。ほかの男子たちがつぎつぎと入ってからは、ひとりで行動することが多くなったような気がする。

ほとんどの男子が校庭に飛びだす昼休みにも、飼育《しいく》園芸委員の筒井君はひとりで理科室に行き、イシガメにエサをやったり、水槽《すいそう》の掃除《そうじ》をしたりして過ごしているらしい。

亜衣《あい》ちゃんも、筒井君と同じ飼育園芸委員だけれど、理科室でイシガメの世話をしているのを見たことはない。

一か月に一度回ってくるかこないかの順番で、校庭のすみっこで飼《か》われているウサギの餌《えさ》やりや、花壇《かだん》の水まきをしているだけだ。

いつだったか、不思議に思って亜衣ちゃんに理由を聞くと、「イシガメの世話は、筒井君がひとりで引き受けとるんよ」と、教えてくれた。「あのイシガメは、筒井君が学校に持ってきたんだって」と亜衣ちゃんは言っていたけれど、毎日ひとりで世話をするのはきっとたいへんなはずだ。

ぼんやりとそんなことを考えていたら、

「ねえ、寺岡《てらおか》さん。初美《はつみ》先生に彼氏《かれし》がおるって知っとった？」

と、とつぜん檀上《だんじょう》さんが話しかけてきた。

「へ？」

左を向くと、檀上さんの顔は、わたしの肩《かた》のところまで近づいていた。

反射的《はんしゃてき》に少し身を引き、思わず首をふったのだけれど、檀上さんはさらにわたしのほうに近よった。

「わたし、きのう塾《じゅく》の帰りに見たの。初美《はつみ》先生が男の人と歩いてるところ。」

初美先生は、おそらくお母さんと同じ三十代後半くらいの年齢《ねんれい》だ。彼《かれ》がいたって、ちっとも不思議ではない。

（どーでもいい。）

心にうかんだ言葉がばれないように、とりあえず
「ふうーん。」

と、声に出してみた。

檀上《だんじょう》さんは、それでもまだわたしの顔を見つめていたから、「なあに？」という感じで首をかしげたら、つまらなそうに肩《かた》をすくめて前を向いた。

となりの席は、男子でもよかったかもしれない……。

二　昼休みの理科室

「席、ずいぶんはなれたねえ。」

放課後、海辺の道を歩きながら、真帆《まほ》が言った。

いつもは商店街のアーケードの中を通って帰るのだけれど、二月にしては、ぽかぽかしていたから、どちらからともなく足が外に向いたのだ。

けれど、海辺の風は思ったよりも強くて冷たかった。潮《しお》のかおりで、鼻の奥《おく》がほろ苦くなる。

瀬戸内海《せとないかい》にうかぶ小島と本州をへだてる尾道水道《おのみちすいどう》は、海というより、広くて静かな川のようだ。そこを、フェリーや漁船がひっきりなしに行き交っている。

「でも、とりあえず磯村《いそむら》のとなりじゃなくてよかったよ。」

「そう？　磯村《いそむら》はおもしろいけん、わたしはいやじゃないけど。」

真帆《まほ》の言葉におどろいた。あんなお調子者をおもしろいと思えるなんて、真帆はどれだけ心が広いのだろう。

「いや、磯村って腹《はら》立つよ。わたしのこと、べんり屋って呼《よ》ぶんだもん。」

口をとがらせると、真帆は笑った。

「たぶんあれ、悪気はないんよ。べんり屋さんっていうのが、ちょっと気になるだけだと思う。」

「べんり屋が？」

「うん。どんな仕事をしとるんだろう、変わったお客さんが来るんかなって、わたしだってときどき考えるもん。それにくらべればうちなんて、髪《かみ》を切るか染《そ》めるか、パーマをかけるかっていうだけで、つまらんし。」

真帆の家は、お母さんがひとりで経営《けいえい》している、フルールという美容院《びよういん》だ。

「べんり屋だって、変わった依頼《いらい》なんてほとんどないよ。買い物代行とか犬の散歩とか。

あとは掃除《そうじ》の手伝いや店番くらいで。」

そう言うと真帆は
「まあね、現実《げんじつ》はそんなもんか。」

と、うなずいた。

わたしのお父さんは売れない画家で、お父さんの収入《しゅうにゅう》だけで生活していくことはむずかしい。だからわが家は、お母さんがべんり屋を経営して生活を支《ささ》えている。

とはいえ、お母さんとおばあちゃん、そしてカズ君という従業員《じゅうぎょういん》が細々《ほそぼそ》とやっているだけの小さなべんり屋だ。坂道の多いこの町で、日々《ひび》の生活に困《こま》っている人たちのお手伝いをすることが、うちの仕事の大半になっている。

そういえば、たしか二年生のとき「べんり屋って、暗殺《あんさつ》とかスパイとか、そういうのをたのまれることとある?」と、磯村に真顔で聞かれたことがある。(ばかだなあ)と思ったけれど、めんどうだから「ときどきね」と答えてしまった。

でもまさか、今でもそれを信じているわけではないだろう。

「真帆《まほ》は磯村《いそむら》から、美容院《びよういん》とかフルールとかって呼《よ》ばれたことある？」

わたしが聞くと、真帆はすぐに首をふった。

「そんなの一度もないよ。磯村が美舟《みふね》をべんり屋って呼ぶんは、美舟のことが好きだからなんじゃない？　美舟はかわいいけん、もてるんよ。」

「いや、ないない、それはない。」

スタイルがよくてサラサラヘアーで、おしゃれでお姉さんっぽい真帆とくらべると、わたしなんてぜんぜんダメだ。

髪《かみ》はショートのくせっ毛だし、服はお母さんが買ってくる安物の、さらにセール品だし。おまけに、草むしりだの庭掃除《にわそうじ》だのというべんり屋の手伝いで、一年中日焼けしているのだから。

「でも、今日だって筒井《つつい》君がうしろの席からわたしをつついて、寺岡《てらおか》さんの家ってどこにあるのって聞いてきたよ。」

なにもない道で、つまずきそうになってしまった。ランドセルが背中《せなか》でゆれて、うしろ頭にボンッとあたった。

「筒井君が、なんて？」

「だから、寺岡さんの家ってどこにあるのって。」

「なにそれ、どうして？」

「そんなん知らん。でも、美舟の家なら千光寺山《せんこうじやま》に向かう坂道のとちゅうにあるよって、教えてあげた。坂道は何本もあるし、細くて入り組んどるから説明がむずかしかったけど。お寺と古い家ばかりが並《なら》ぶ坂道沿《ぞ》いで、三角屋根の洋館はめずらしいけん、すぐにわかるよって言っといた。」

真帆がそう言ったところで、海辺の道からアーケードにぬける路地の入り口まで来た。真帆の家は、アーケードの中にある。

「じゃあねー。」

と、真帆は軽く手をふった。

青緑色のスカートがひらひらゆれて、路地の向こうへ消えていった。

わたしと筒井君《つついくん》は、席が近くになったこともなければ、委員や当番の仕事をいっしょにやったこともない。一か月ほど前に、はじめてふたりで話をしただけだ。

その日の昼休み、わたしは理科室に行った。

本当は、真帆《まほ》や亜衣《あい》ちゃんたちといっしょに校庭で遊びたかったのだけれど、ペンケースを理科室に忘《わす》れてきたことに気づいて、しかたなく取りに行ったのだ。

家庭科室とパソコン室、理科室と理科準備《じゅんび》室が並《なら》ぶ三階は、授業《じゅぎょう》のないときはとてもひっそりとしている。

それがなんだかこわいから、わたしは小走りで廊下《ろうか》を進み、理科室の引き戸を勢《いきお》いよく開けた。すると、窓辺《まどべ》の棚《たな》に置かれた水槽《すいそう》の前にいた筒井君が、目を大きく見開いてふりかえった。

いっしゅんわたしは、理科室の戸ではなく、筒井君の部屋のドアを開けてしまったような気持ちになった。思わず、

「あ、ごめん。ペンケース忘れたんだけど、持ってっていい？」

と聞くと、筒井君は「ぷっ」と笑った。

「いいよ。っていうか、なんでオレに断《ことわ》るん?」

「あー、いや、なんとなく。」

オレンジ色のペンケースは、流し台がついた作業机《さぎょうづくえ》の上に、ぽつんと残されていた。

それを手にして顔を上げると、筒井君はもう水槽に目をもどしていた。

「カメって、そんなにかわいいの?」

「うん、かわいいよ。」

筒井君は、水槽を見つめたままでうなずいた。

そっと近寄《ちかよ》ってみると、幅《はば》三〇センチほどの水槽に、黄色っぽいこうらを背負《せお》ったカメが入っていた。

水槽の中には水草がうかび、はしっこには細い棒状《ぼうじょう》のヒーターと、水の濾過装置《ろかそうち》が取りつけられていた。カメは水の中ではなくて、プラスチック製《せい》の浮島《うきしま》に乗っかっている。

「さわってみる?」

「え、いいの？」

「うん。」

筒井君《つついくん》は水槽《すいそう》の中に手を入れて、ゆっくりとカメを取りだした。

筒井君の手のひらに乗せられた、体長十センチほどのそのカメは、いっしゅんだけ首をひっこめたけれど、数秒後にはあたりをうかがうようにして顔を出した。

人さし指でそっとこうらをなでると、カメはまた首をひっこめた。指先に、ガツガツとかたい感触《かんしょく》があった。

それから筒井君は、カメをそっと作業机《さぎょうづくえ》の上に置いた。

少し間をおいて首をのばしたカメは、短い足をのろのろと交互《こうご》に動かしはじめたけれど、十歩も進まないうちに、いきなりタタタタタッと、すごいスピードで走りだした。

「うわっ！」

とおどろくわたしの横で、落ちついたままの筒井君が、両手でカメをつかまえて静かに水槽にもどした。

「わー、びっくりした。カメって、こんなに速く走れるんだ？」

「うん、けっこう速いよ。」

「ウサギとカメの話とは違《ちが》うね。」

「ああ、たしかに。」

ガラス越《ご》しに水槽をのぞくと、カメのまんまるい目が見つめかえしてきた。への字になっている大きな口が、とぼけた感じでおもしろい。

「もうこれ以上、大きくならんの？」

「ううん、もっと大きくなるはず。オスで十三センチくらい、メスだと二十センチくらいになるんだって。でも、この子がオスなのかメスなのか、オレ見分けがつかなくて……。」

「イシガメっていうんでしょ？」

「うん、ニホンイシガメ。外国から来たミシシッピアカミミガメとか、クサガメとかが増《ふ》えて、数が減《へ》ってきとるんだ。イシガメは性格《せいかく》がおだやかだけん、ほかのカメに負けてしまうみたい。」

「へえー、かわいそう。」

「エサ箱をふって音をたてると、水槽《すいそう》の端《はし》まで寄《よ》ってくるよ。」

「え、カメってなつくの？」

「んー、こういうのをなつくって言うのかな。エサに反応《はんのう》しとるだけかもしれんけど。」

理科室の空気はとても冷たかったけれど、窓《まど》から差しこむ陽《ひ》の光は、ほんの少しだけあたたかかった。

そのままもう少しカメをながめていたかったけれど、とつぜん天井《てんじょう》近くのスピーカーから軽やかな音楽が流れはじめ、「昼休みは、あと五分で終わりです。校庭にいるみなさんは教室にもどりましょう」という、校内放送が聞こえてきた。

わたしはしかたなく手を洗《あら》い、筒井《つつい》君といっしょに理科室をあとにした。

筒井君は、どうして真帆《まほ》に、うちの場所など聞いたのだろう。

石畳《いしだたみ》の坂道のとちゅうで足を止め、さっきからドキドキしている胸《むね》を落ちつかせるように、大きく息を吸《す》いこんだ。

板塀《いたべい》の上から枝《えだ》をのばして咲《さ》いている赤い梅の花が、ふっとかおった。

三　筒井《つつい》君、うちに来る

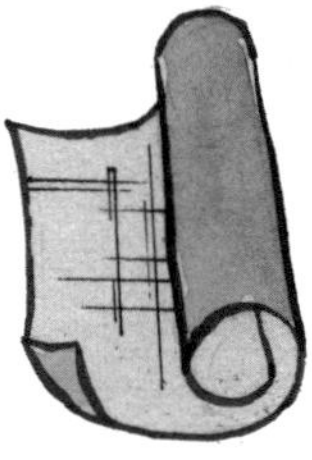

道の両側に、切り立った崖《がけ》のような雪の壁《かべ》ができている。

三メートル、いやもっと高いだろうか。かたく積もった雪のあいだに、曲がりくねった道路が通り、車はその道をどんどん進んでいく。

二月半《なか》ばの青森は、信じられないくらい深い雪の中だ。

フロントガラスに、はらはらと降《ふ》りかかる雪をワイパーで散らしながら、車はぐっとハンドルを切って左に曲がった。

目の前に、古くて大きな木造《もくぞう》の建物がどーんと現れた。

「ここ酸ケ湯温泉《すかゆおんせん》では、この季節、豪雪《ごうせつ》プランというものを……。」

ナレーションのとちゅうで、映像《えいぞう》がプチッと切れた。

ふりむくと、手にしたリモコンをテレビに向けて、おばあちゃんが立っていた。

「朝から、しぶい番組を見とるねえ、美舟《みふね》は。」

「おばあちゃん、なんで勝手に切るん？　うちはだれも旅行に連れてってくれんけん、せめてテレビで楽しんどるのに。この番組好きなんよ、〈土曜の朝は旅人気分〉。」

わたしは、おばあちゃんの手からリモコンをうばい、ふたたびスイッチを入れたけれど、

「筒井君ちゅう子が来とるよ。」

と言われて、すぐに切った。

「へ？」

「筒井君ちゅう子が、事務所《じむしょ》に来とる。だけん呼《よ》びにきたんだけど、美舟はしぶいテレビを見とりますから出られませんって、言うとこうか？」

「いや、ちょっと待って。なんで筒井君がうちに？」

「たぶん仕事の依頼《いらい》だと思うけど。お父さんといっしょに来とるよ。」

わたしはすぐに立ち上がり、髪《かみ》を整えようと右手を頭にあてた。するとうしろの髪が、その手を弱くはねかえした。

「わっ、髪がハネとるけん、直してから行く。」

そう言いながら、洗面所《せんめんじょ》に走った。

時計の針《はり》は、もう十時をさしている。土曜日の朝とはいえ、遅《おそ》く起きてダラダラしすぎた。鏡の中の顔が、むくんで見える。

真帆《まほ》が、筒井《つつい》君にうちの場所を聞かれたのが木曜日のことだ。

あれから二日、ずっと気になってはいたのだけれど、まさかとつぜんうちに来るなんて思わなかった。

バシャバシャと顔を洗《あら》ってから、ぬれた手で髪をおさえて寝《ね》ぐせを直し、鏡に向かってにこりと笑った。その瞬間《しゅんかん》、そんなことをしている自分がとても恥《は》ずかしくなり、逃《に》げるように廊下《ろうか》に出た。

水色のセーターのそで口に、毛玉がいくつもくっついている。子ブタもようのソックスが、ひどく子どもっぽいけれどしかたない。

そのまま廊下を進み、つきあたりにあるドアを開けた。ドアの向こうは、べんり屋寺《てら》岡《おか》の事務所《じむしょ》になっているのだ。

ここは六年前まで、寺岡小児科内科医院という小さな病院だった。けれど、お医者さんだったおじいちゃんが急な病気で亡《な》くなったため、病院は閉《し》めてしまった。

ひとり残されたおばあちゃんを心配して、東京で暮《く》らしていた両親とわたしが尾道《おのみち》に引《ひ》っ越《こ》してきたのは、そのときだ。

それからお母さんは、生活のために小さなべんり屋をはじめ、病院の待合室は、そのままべんり屋の事務所になった。

その事務所の真ん中に置かれた布張《ぬのば》りのソファセットに、筒井君と筒井君のお父さんが並《なら》んで座《すわ》っていた。

向かいにはお母さんがいて、足元に雑種犬《ざっしゅけん》のハナゾウが寝そべっている。

筒井君がわたしに気づいて、「あっ」と小さな声をあげると、筒井君のお父さんもわたしのほうを向き、「おはようございます」と頭を下げた。

ベージュのセーターに、スーツの上着みたいなグレーのジャケット。縁《ふち》なしメガネをかけた顔は、筒井君《つつい》とよく似《に》ている。

あわてて「おはようございます」と言いながらおじぎをしたわたしに、お母さんが手まねきをした。

お母さんのとなりに座《すわ》ると、ハナゾウが立ち上がって体をブルブルッとふるわせ、わたしの足元に寄《よ》ってきた。

「フレンチブルドッグ？」

筒井君が聞いた。

「ううん、フレンチブルと、なにかの雑種《ざっしゅ》なんだって。」

わたしは、ハナゾウの顔を両手ではさんで筒井君のほうに向けた。

ぺちゃんこの鼻に大きな耳、白地に黒ブチもようの牛のような胴体《どうたい》に、短い足と小さなしっぽがくっついている。ブサイクなうえに、大きないびきをかいたり、鼻水を飛ばしてくしゃみをしたりするやつだ。

おばあちゃんが、紅茶《こうちゃ》をトレイにのせて運んできた。それをカフェテーブルにそっと置くと、自分はソファセットの奥《おく》にあるスチールデスクのいすをくるりと回し、そこに上がって正座《せいざ》をした。

「筒井さんね、お庭に池をつくってほしいんですって。」

お母さんが、わたしに言った。

筒井君のお父さんは、口まで持っていこうとしていたティーカップをとちゅうで止めて顔を上げた。

「そうなんです。森人《もりと》が学校で飼《か》っているカメを、そろそろ家に連れて帰らなくちゃならないとかで。カメを入れるための池をお願いしたくて。」

「筒井君、あのカメを連れて帰るん？」

「うん。もう理科室の水槽《すいそう》じゃ、きゅうくつになってきたから。」

「わたしがつくってやればいいのですが、明日から海外に行かなくてはならなくて。

帰ってきてからも、なかなか時間が取れそうもないですし。」

筒井《つつい》君のお父さんは、広島で輸入《ゆにゅう》カーテンをあつかうお店をやっているため、ときどき商品を買いつけに、外国に行かなければならないそうだ。

筒井君は、紅茶《こうちゃ》にスティックシュガーを二本も入れて、スプーンでかきまぜた。

いつの間にか筒井君のそばに移動《いどう》していたハナゾウは、お座《すわ》りの姿勢《しせい》でそれを見上げている。

「どうでしょう、引き受けていただけますか？」

筒井君のお父さんの言葉に、お母さんは仕事用のノートを見ながらうなずいた。

「はい。うちに竹原数真《たけはらかずま》という若《わか》い従業員《じゅうぎょういん》がいますから、その子に行かせましょう。ただ、来週の金曜日よりあとになると思うのですが。」

「ええ、いいですよ。そんなに急ぎませんから。」

筒井君のお父さんは軽くうなずくと、ようやくティーカップに口をつけた。

竹原数真、通称《つうしょう》カズ君が、来週の金曜日よりあとでなければ筒井君の家に行けないのには、わけがある。

今からおよそ三年前、高校を卒業してもなかなか就職《しゅうしょく》が決まらなかったカズ君は、「就職が決まるまで、とりあえず」ということで、この寺岡《てらおか》で働きはじめた。家族とうまくいかなくて、家を飛びだしてひとり暮《ぐ》らしをはじめたばかりだったカズ君には、とにかく仕事が必要だったのだろう。

そうしてうちの従業員になったカズ君は、おっとりとして、とてもやさしい性格《せいかく》で、たちまち常連《じょうれん》さんたちの人気者になった。カズ君の方も、たよりにされることで、べんり屋の仕事が好きになっていったようだ。そして、お年寄《としよ》りたちに接《せっ》しているうちに、大学でちゃんと福祉《ふくし》の勉強をしたくなったらしい。

去年の夏に大学を受験することを決め、クリスマスからは仕事も休んで、いっしょうけんめい勉強してきた。そしていよいよ、来週の木曜日に、広島市内の大学を受験することになっているのだ。

だから仕事にもどるのは、そのあとになる。

「ところで、カメを入れる池というのは、どんなもんなんでしょう？　うちの従業員にも、つくれるようなもんですか？」

おばあちゃんが、おずおずと口を出した。

「ああ、それなら、ここに図面を用意してきました。」

筒井《つつい》君のお父さんはティーカップを置き、足元の黒い手さげかばんの中から四つ切り画用紙ほどの紙を取りだして、カフェテーブルに広げた。

わたしとお母さんはそれをのぞきこみ、おばあちゃんはいすから立ってそばに来ると、今度は床《ゆか》に正座《せいざ》をしてそれを見た。

「まず、ここに高さ五十センチほどの盛《も》り土《つち》をして、その真ん中にホームセンターで売られているプラスチック製《せい》のひょうたん池をうめこみます。それから、やはりホームセンターにある、水の濾過装置《ろかそうち》を取りつけてください。あ、電源《でんげん》はこちらから取れますし、ここの水道からホースを引っぱることができます。池には石で島をつくって、全体を目のこまかい金あみで囲って仕上げます。」

筒井君のお父さんは、紙の上で人さし指をすべらせた。

それを見るみんなは、まじめな顔でうなずきながら聞いている。なんらかの重要なミッションを与えられ、その説明を受けているようだ。

「すごい、なんか本格的《ほんかくてき》。」

わたしがつぶやくと、筒井君は「うんっ」と、はずむような返事をした。

「今までの二年間は室内で冬越《ふゆご》しさせとったんだけど、来年の冬からは池で冬眠《とうみん》できるようにするんだ。自然の環境《かんきょう》と同じようにして飼《か》ってやるんだ。」

「この図面は、こちらでお預《あず》かりしてもよろしいですか?」

お母さんが聞くと、筒井君のお父さんは、

「もちろん。どうぞよろしくお願いします。」

と言って、図面をくるくると丸めてお母さんに手わたした。

話を終えて、みんながゆっくりと立ち上がったとき、筒井君は小さな声で、

「寺岡《てらおか》さんのお父さんは、いつもどこで絵をかいとるん?」

と聞いた。

「ああ、そこのアトリエで。」

わたしは、事務所《じむしょ》から続くアトリエの白いドアを指さした。

そこは、以前はおじいちゃんが診察室《しんさつしつ》として使っていた部屋だ。その横には、クリーム色のカーテンが引かれっぱなしの投薬窓口《とうやくまどぐち》も残っている。

「へえ、アトリエか。なんかすごいね。」

「いや、アトリエって言えばかっこいいけど、実際《じっさい》はべんり屋の道具置き場もかねとる、ごちゃごちゃした部屋なんよ。」

それは謙遜《けんそん》ではなくて、本当のことだ。

お父さんも、画家と言えばゲージュツ家っぽくてカッコいいけれど、実際にはちっとも売れない画家なのだ。

今日だって、朝からスケッチをしてくると言って、フラフラと出かけたまま帰ってこない。ひどいときには、スケッチ旅行だのなんだのと言って、一週間以上も帰ってこないことがある。

そんなたよりないお父さんを見ているからか、おばあちゃんはいつもわたしに、「人間はコツコツと働いて、地道にまっとうに生きるのが一番」なのだと、言いつづけてきた。

わたしが、最近なぜだか筒井《つつい》君を気にしてしまうのは、まさに筒井君こそが、「コツコツと働くまっとうな人間」だからではないかと思う。

事務所の入り口で靴《くつ》をはき終えた筒井君のお父さんが、

「森人《もりと》、父さんはもう行くよ。」

と言った。

そして、筒井君が急いでドアのところに行き、スニーカーに足をつっこもうとしているのも待たず、

「忙《いそが》しいから、先に行くからな。」

と、おばあちゃんとお母さんに頭を下げ、すっと外に出ていってしまった。

「あ、父さんちょっと待って。」

という、筒井《つつい》君の言葉も聞かずに。

さっきまではやさしそうだった筒井君のお父さんの背中《せなか》が、事務所《じむしょ》を出ていくときには別人のように見えて、なんだか少し不思議な気がした。

筒井君は、「ふっ」と小さなため息をついてスニーカーをはき、つま先をコンクリートの床《ゆか》にトントンと打ちつけた。

ハナゾウが筒井君のそばにすり寄《よ》ると、筒井君は体を折ってハナゾウの鼻に自分の鼻をくっつけた。それから顔を上げ、

「バイバイ」

と、わたしに手をふって帰っていった。

四　イシガメのこと

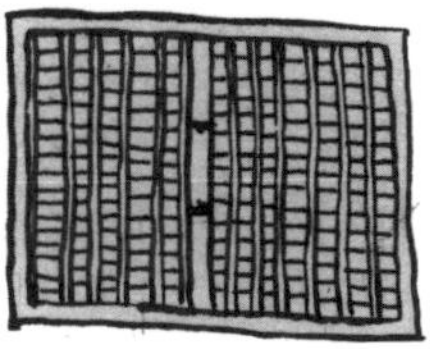

「最近の初美《はつみ》先生って、おしゃれよね。」

国語の時間の前に、檀上《だんじょう》さんはまたわたしの左肩《ひだりかた》に近づいてきた。こういうときの檀上さんは、小さなおばさんみたいだ。

「やっぱり彼《かれ》ができたからかな。でも、初美先生にあの色は、ちょっと若《わか》すぎると思わん？」

檀上さんは、教卓《きょうたく》の向こうに立っている、レモン色のアンサンブルセーターを着た初美先生をそっと指さした。

たしかに明るい色だけれど、若すぎるかどうかなんてわからない。

（どーでもいい。）

と思った、そのとき、

「それじゃあ、授業《じゅぎょう》をはじめましょう。」

初美《はつみ》先生の声で、みんなは背《せ》すじをピッとのばした。

教室の中に、緊張《きんちょう》の波が広がる。

浜里《はまさと》小学校は、去年の四月から作文教育のモデル校という、やっかいなものに指定されている。そのせいで、一週間に一度のペースで作文を書かされ、国語の授業《じゅぎょう》の最初の五分間で、だれかがその作文を発表させられるのだ。

いつもはうるさい磯村《いそむら》も、このときばかりは気配を消して、あてられないようにしているようだ。

「えーと、今日は……」

初美先生は教室を見回して、うしろのはしっこで目を止めた。

「筒井《つつい》君、お願いします。」

教室のみんなが、明らかにほっとしたように息をはいた。

ガタン、といすが動く音がした。わたしの席からは、うしろのほうにいる筒井君の姿《すがた》は見えない。

「ぼくのイシガメ　五年二組十四番　筒井森人《もりと》。

ぼくは今、理科室でカメを飼《か》っています。ニホンイシガメという、昔から日本にいる種類です。

かたいこうらの中から短い手足や首がのびてくるのがかわいくて、小さなころから、ぼくはカメが大好きでした。

そこで三年生のとき、思いきってカメを飼いたいと言ったのですが、家族に反対されてしまいました。なぜならその少し前に、うちで三年間飼っていた金魚が死んで、弟がずいぶん泣いたからです。

父と母は、『また生き物を死なせてしまうとかわいそうだから、ちゃんと自分で責任《せきにん》をもって飼えるようになるまで待ちなさい』と、言いました。

そんなとき、うちに遊びに来た磯村君が、部屋の壁《かべ》に貼《は》られていたイシガメの写真を見て、『このカメなら、ばあちゃんちの近くの川におるよ』と、教えてくれました。

ぼくは、すぐにでもカメをつかまえに行きたくなりました。でも、どうせつかまえても家では飼《か》えないんだ、と思うと悲しくなりました。

磯村《いそむら》君にそのことを話すと、『家で飼えるようになるまで、ぼくが預《あず》かってあげようか？』と、言ってくれました。

夏休みには、磯村君のお母さんが、車で三十分ほどかかる山の中にあるその川まで、ぼくたちを連れていってくれました。とてもきれいな川で、沼《ぬま》エビや川魚はたくさんいたのですが、その日はイシガメを見つけることができませんでした。

けれど一週間後にまた行ったとき、ぼくは川土手の草むらで、五センチくらいの子ガメを見つけました。

カメはおとなしそうに見えますが、物音がすると、すごい速さで逃《に》げていきます。ぼくは息をひそめてそっと近づき、その小さなカメをつかまえました。

とてもうれしかったです。手の中で、カメの足がごそごそと動いたときは、胸《むね》がわくわくして、気づくと笑い声をあげていました。

きれいな川から、勝手にぼくの住むところに連れていくのだから、ぜったいに死なせないようにしよう。そう決心して、理科の鷲尾《わしお》先生に飼いかたを教わりに行きました。するとと鷲尾先生は、理科室でカメを飼えるようにしてくれました。

カメは、ぼくのあげるエサを食べて、どんどん大きくなっています。二度の越冬《えっとう》にも成功《せいこう》しました。

理科室の水槽《すいそう》がそろそろきゅうくつになるのだと話したら、父も母も、ようやく家で飼うことをゆるしてくれました。

もう少しあたたかくなったら、ぼくはカメを家に連れて帰ります。大切に育てて、ぜったいに長生きさせようと思っています。」

教卓《きょうたく》の真ん前の席に座《すわ》っている磯村は、めずらしく静かにしていた。

わたしの席からは、右の横顔しか見えないけれど、耳も頬《ほお》も真っ赤になっている。きっと、恥《は》ずかしいのだろう。

けれど、磯村《いそむら》のことをなにも知らないまま悪口を言っていたわたしのほうが、もっとずっと恥《は》ずかしかった。

アーケードの中にあるパン屋さんの、入り口に置かれた小さな黒板には、〈桜《さくら》あんぱん〉とか〈よもぎパン〉とか書かれている。まだけっこう寒いのに、メニューはすっかり春なのだ。

店の中から、ふわりと甘《あま》いかおりがただよってきた。

はあっ、と大きなため息をつくと、真帆《まほ》はわたしの顔をのぞきこんだ。

「どうしたん、美舟《みふね》。そんなにお腹《なか》がすいたん?」

真帆の言葉に、亜衣《あい》ちゃんがくすりと笑った。

いつもは真帆とふたりで学校から帰るのだけれど、今日はアーケードの入り口で、亜衣ちゃんといっしょになったのだ。

「真帆ってば、わたしそんなに食いしんぼうじゃないよ。」

「じゃあ、まだ檀上《だんじょう》さんの言ったこと、気にしとるん？」

「んー、気にしとるっていうか、気分が悪いっていうか。」

「檀上さんの言ったことって？」

亜衣ちゃんが聞いたから、わたしはさっき真帆に言ったことを、もう一度話した。

「檀上さんが、こないだ筒井君《つつい》が寺岡《てらおか》さんちに遊びに行ったでしょう、って言ってきたんよ。真希《まき》ちゃんが、うちから出てくる筒井君を見たって言ったんだって。真希ちゃんち、うちの近くだけん。」

「ふうーん、筒井君と美舟ちゃんって、仲良かったっけ。」

「いや亜衣ちゃん、そうじゃないんよ。筒井君はうちの事務所《じむしょ》に、ただ仕事の依頼《いらい》で来ただけで。それなのに檀上さんったら、なんかアヤシイって言いながらニヤニヤして、めちゃくちゃ感じ悪かったんよ。」

それだけではない。からかわれるのがいやだったわたしが、あれは、仕事の依頼で来ただけなのだと説明したら、檀上さんは「へえー」とうなずいてから、声をひそめて言ったのだ。「そうよね。ふつう、筒井《つつい》君なんかと遊んだりしないよね」と。

わたしは、胸《むね》の奥《おく》がもやもやっとして、そのあとでだんだん腹《はら》が立ってきたのだけれど、なにも言いかえすことができなかった。

男子のあいだで、スポ少の仲間に入っていない筒井君のことを、少しバカにしたように話す子がいるのは知っている。塾《じゅく》やお稽古《けいこ》ごとに通っている子たちには、またべつのグループがあるけれど、筒井君はその中にも入っていない。

ようするに、ちょっとういた存在《そんざい》なのだ。

「まあ、たしかに気分悪いけど。」

真帆《まほ》はそう言いながら、ぴょんっと両足でとびあがって半回転し、わたしのほうを向いた。

「檀上《だんじょう》さんなんて、いつも適当《てきとう》なことを言って喜んどるんだけん、気にすることないよ。初美《はつみ》先生の彼《かれ》がどうのっていうのも、まちがいだしね。」

「えっ、そうなの？」

わたしは、真帆の顔を見た。

「うん、だってあの男の人、初美先生の弟なんだもん。お母さんが、瀬戸《せと》の湯で聞いてきた。アメリカに留学《りゅうがく》しとる弟が、一時帰国して初美先生のところにいるんだって。向こうじゃ大きなお風呂《ふろ》に入れんからって、よく瀬戸の湯に行っとるらしいよ。」

「へえー、真帆ちゃんくわしいね。」

亜衣《あい》ちゃんが、感心したように言う。

商店街のはしっこに古くからある、瀬戸の湯という銭湯《せんとう》は、近所の人たちの社交の場になっている。

美容院《びよういん》フルールは、その二軒《けん》となりにあるのだけれど、真帆のお母さんはお店がひまになるとちょくちょく瀬戸の湯に行って、おしゃべりをしているらしい。だから、近所のいろいろな情報《じょうほう》が入ってくるのだ。

ちなみにうちのお母さんは、瀬戸の湯が忙《いそが》しくなる夕方に、ほとんど毎日フロントを手伝いに行っている。

そして、半年前から老人施設《しせつ》に入っている亜衣《あい》ちゃんのおばあさんも、以前は瀬戸《せと》の湯の常連《じょうれん》さんだった。

「そういえば亜衣ちゃん、おばあさんは元気なん？」

わたしが聞くと、亜衣ちゃんは大きくうなずいた。

「うん、元気。施設《しせつ》に入ってからずっとリハビリを続けとるから、少し体が動くようになったんよ。お父さんとお母さんが忙《いそが》しくて、このところ会いに行けてないけど、春休みになったらまた遊びに行くんだ。」

亜衣ちゃんの笑顔を見たら、さっきまでむしゃくしゃしていた気持ちが、少しだけ晴れた気がした。

五　受験が終わって

木曜日の朝、起きてすぐに窓《まど》の外を見ると、どんよりと暗《くら》い雲が広がっていた。空気がとても冷たくて、服を着がえているときにブルッとふるえた。寒波が来ているから気をつけるようにと、昨夜のニュースで言っていたのを思いだす。ランドセルの中を確認《かくにん》してから台所に行き、お茶わんにご飯をよそっていたら、線香《せんこう》のかおりがふわっと鼻先に流れてきた。（ん？）と思って顔を上げると、開いたふすまのあいだからおばあちゃんが現《あらわ》れた。ふすまの向こうは和室になっているのだ。
「あれっ、おばあちゃん、そこにおったん？」
「うん、ずっとお仏壇《ぶつだん》を拝《おが》んどった。カズ君が、落ちついて試験を受けられますように。とちゅうでお腹《なか》が痛《いた》くなりませんように。消しゴムを落としたり、解答欄《かいとうらん》をまちがえたりしませんようにって。」

このところ、おばあちゃんもお母さんも、近くの御袖天満宮《みそでてんまんぐう》によくお参りしている。学問の神様、菅原道真公《すがわらのみちざねこう》がまつられているからだ。

それなのに、仏様《ほとけさま》まで拝《おが》むのかと思ったけれどだまっておいた。神様でも仏様でも、なんにでもお願いしておこうという気持ちは、わたしにもよくわかる。

たったひとりの従業員《じゅうぎょういん》であるカズ君が、大学に合格《ごうかく》して仕事をやめたら、うちはきっと人手不足でたいへんになるだろう。

それでも、お母さんやおばあちゃんが心からカズ君の合格を祈《いの》っているのは、カズ君がうちの家族のようなものだからだ。

おばあちゃんはおみそ汁《しる》をあたためて、わたしの前に置いてくれた。それから、自分用にお茶をいれ、向かいのいすに正座《せいざ》した。

「カズ君、だいじょうぶじゃろうか。」

壁《かべ》にかけられた時計を見て、ひとりごとのように言う。

「心配ないよ。たぶんカズ君って、あんまりあせったり緊張《きんちょう》したりしないもん。」

「まあ、それはそうなんだけどね。」

ふいに、ぱらぱらという不規則《ふきそく》な音が聞こえてきたかと思ったら、それはすぐに激《はげ》しい雨音に変わった。

不安そうに窓《まど》の外に目をやったおばあちゃんを見ていたら、学校に行く前に、わたしもお仏壇《ぶつだん》に手を合わせようという気になった。


その夜、入試を終えたカズ君は、とつぜんうちにやってきた。

地味な茶色のセーターにジーンズをはき、その上から黒いダウンジャケットをはおって、のそりと事務所《じむしょ》に現《あらわ》れたのだ。

小降《こぶ》りにはなったものの、まだ降りつづいている雨のせいで、ジャケットが少しぬれている。

「あらっ、カズ君じゃないのっ！」

事務所《じむしょ》のドアを開けて、ひょこっと顔を出したカズ君を見て、デスクのかたづけをしていたお母さんは笑顔になった。

カズ君のデスクを借りて、宿題の漢字プリントをやっていたわたしも思わず、

「わーっ、カズ君。」

と、声をあげた。

クリスマスからずっと仕事を休んでいたカズ君に会うのは、およそ二か月ぶりだ。

「とにかく中に入って、ね。疲《つか》れたでしょう?」

お母さんに言われて入ってきたカズ君は、クリスマス前より少しふっくらとしたように見える。やせているに違《ちが》いないと思っていたわたしには、少し意外だった。

それに、いつもはおかしな服ばかり着ているカズ君が、これ以上ないほど地味な服を着ているのにもおどろいた。

「カズ君、なんか太った?」

と聞くと、いつものぼそぼそとした話しかたで、

「うん、ずっと家にこもっとったけん。」

と言った。

「それに、なんかすごく地味なんですけど。」

「ああ、現役《げんえき》の子たちに混《ま》じると、どうしても目立ってしまうけん、せめて服だけはおとなしめで行こうと思って。」

たしかに、身長一八〇センチのカズ君が、現役の受験生たちのあいだに入り、いつものようにレザーパンツをはいたり、ドクロのネックレスやシルバーのピアスをつけたりしていたら、けっこう目立ってしまうだろう。

事務所のすみにあるチェストからタオルを持ってきたお母さんに、

「美舟《みふね》、おばあちゃんに、カズ君の分の夕食も用意してって言ってきて。」

と言われ、わたしは台所に走った。

そして、ガスレンジに向かって立っていたおばあちゃんに、カズ君が来たことを伝えたけれど、おばあちゃんはふりむきもせず、

「今、山ほどトンカツを揚《あ》げとるけん、早《はよ》うこっちに呼《よ》んであげんさい。」

と言った。

「え、おばあちゃん、カズ君がうちに来るって知っとったん？」

「知っとるもなにも、来るに決まっとるじゃろう。」

おばあちゃんは、そこでやっとふりむいて、にやっと笑った。

トンカツは、本当にお皿に山盛《やまも》りになっていた。コールスローサラダや豆乳《とうにゅう》のスープに小松菜の煮《に》びたしなど、栄養のありそうな料理が、テーブルにずらりと並《なら》んでいる。

「すみません、ちょっと挨拶《あいさつ》に来るだけのつもりだったんすけど。」

そう言いながら、カズ君はむしゃむしゃと料理を口に運んだ。その様子を、ビールを飲みながら見ていたお父さんが、

「それで、試験はどうだった？」

と、いきなり聞いた。

いっしゅん、お父さん以外の、その場の動きがストップした。

入試を終えたばかりの人に、そんなストレートな聞きかたをするというのは、大人としてどうなのだろう。

おばあちゃんもお母さんも気をつかって、試験のことはまったく話していないということに、気づかないのだろうか。

けれど、カズ君は平然と、

「だめっすね。」

と言った。

「まあ、今日はそういうことは忘《わす》れて、たくさん食べてゆっくり休んで。」

お母さんが、あわててとりなす。それなのにお父さんは、

「そうかー、だめだったか。いやーっ、だめかー。」

と、何度も大声で言いながらうなだれた。

「お父さん。」

「うん?」

「少しは空気読んだら?」

わたしが冷たく言ったのに、カズ君は顔を上げて、

「いや、いいっすよ。」

と、首をふる。

「気ぃつかわんでもいいっす。大学受験がそんなに甘《あま》くないってことくらい、ぼくにだってわかりますから。ずっと勉強のできなかったぼくが、半年勉強しただけで合格《ごうかく》するなんて、思ってないっす。」

「そうそう、カズ君はまだ若《わか》いんだし、来年がんばれ。」

そう言いながら、カズ君のコップにビールをつごうとするお父さんの肩《かた》を、お母さんがバシッとたたいた。

「まだ結果は出てないのに、どうしてそんなこと言うの!」

お父さんは、きょとんとした顔でわたしを見ている。なにが悪いのか、よくわかっていないのだろう。

わたしは、すっと目をそらした。

世の中には、子どもみたいな大人もいるのだということが、お父さんを見ているとよくわかる。

「あのう、それよりぼく、明日からまた仕事しますんで、よろしくお願いします。」

右手に箸《はし》、左手にお茶わんを持ったままで、カズ君は頭を下げた。

「あら、明日もお休みしたら？　真琴《まこと》さんにだって会いたいでしょう？」

お母さんが、なぎさ園という老人施設《しせつ》に勤《つと》めている、カズ君の恋人の名前を出すと、

「いえ、あの、真琴さんには、さっき会って、来ましたんで、はい。」

カズ君は、しどろもどろになってしまった。

照れているその様子に、せっかく部屋の空気がなごんできたとき、

「まあ、明日からさっそく働いたほうが気晴らしになるだろう。なにせ試験はダメだったんだから。」

お父さんがまたよけいなことを言い、おばあちゃんににらまれた。

カズ君は、本当に翌日《よくじつ》から仕事を再開した。

花壇《かだん》の手入れをしたり、商店街のアーケードに桜《さくら》の造花《ぞうか》をかざりつけたりするなか、時間を見つけてホームセンターに行き、ひょうたん型の池と水の濾過装置《ろかそうち》、緑色の金あみなどを買ってきた。

そして土曜日からは、筒井《つつい》君の家に通いはじめた。

六　カメの池

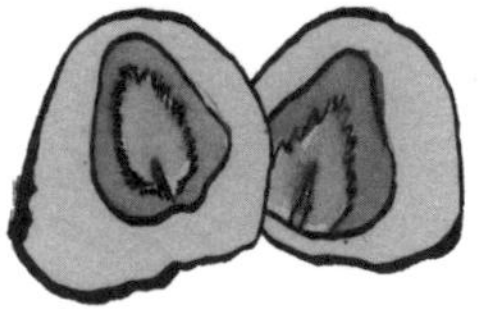

それから一週間後の土曜日、わたしはカズ君といっしょに、筒井君の家に行った。前日の夕方に池を完成させたカズ君が、「水を入れてみるから、美舟《みふね》ちゃんも見においでよ」と、言ってくれたのだ。

筒井君の家は、坂を下りてから左に曲がり、しばらく歩いたところにあった。背《せ》の低い門から赤レンガのアプローチがのびていて、その先に木造《もくぞう》の平家《ひらや》がある。池は、家の裏庭《うらにわ》につくられていた。

何本もの庭木のあいだに、緑色の金あみで囲まれた場所があり、盛《も》り土《つち》がしてあった。そこに長さ一メートル、幅《はば》五〇センチくらいのひょうたん型の池がうめこまれ、黒い円柱型の水の濾過装置が据《す》えつけられている。

そばに置かれたバケツの中には、丸っこい葉っぱが重なった浮草《うきくさ》が入れられていた。

「すごいだろ？　そのホテイアオイも池にうかべるんだ。」

浮草は、ホテイアオイというらしい。

筒井《つつい》君は、いつもの静かな感じと違《ちが》って、とてもうきうきしているように見えた。でもカズ君のほうは、

「たぶんだいじょうぶだと思うんだけど……。」

と、不安そうだ。

カズ君が、黒いレザージャケットの下に着ているＴシャツには、大きなカメのイラストがかかれている。

たぶん、このカメ池の完成に合わせて用意したそれは、中国の墨絵《すみえ》のような、ちっともかわいくないカメの絵だった。

わざと外しているのか天然なのか、カズ君の服のセンスはわからない。

筒井君が水道からホースをのばし、カズ君が、

「いくよー。」

と言って、蛇口《じゃぐち》をひねった。

すきとおった水が勢《いきお》いよくほとばしり、みるみるうちにひょうたん池を満たしていく。

水位が上がり、このままだとあふれてしまう、と思ったとき、池の上のほうから水が流れ出ていった。

「雨が降《ふ》って水がいっぱいになると、この穴《あな》から出ていくようになっとるんだ。」

カズ君が指さした先には、直径二センチほどの穴があった。そこから排水溝《はいすいこう》まで、パイプがのびているそうだ。

それからカズ君は、蛇口を閉《し》めて水を止めると、今度は濾過装置《ろかそうち》のスイッチを入れた。

すると、池の水は高さ三十センチほどの円柱の機械に吸《す》いこまれ、上のほうについている吐《は》き出し口から流れ落ちてきた。

それを見てようやくほっとしたのか、カズ君は笑顔になって、

「カメはいつ入れるの?」

と、筒井《つつい》君に聞いた。

「もう少しあたたかくなったら、連れて帰ります。今はまだ、寒くてかわいそうだけん。」

「筒井君、本当にカメが好きなんだね。」

わたしが言うと、筒井君はくちびるの端《はし》をキュッと上げてうなずいた。

「うん。小さいころから好きだったんだけど、寺岡《てらおか》さんのお父さんの絵本を読んでから、もっと好きになったんだ。」

わたしは目を丸くして、筒井君の顔を見た。

「それってもしかして、『がんばれキサブロー』のこと?」

「そう、それ。」

「あの絵本のことを知っとるん? あれ、もう七年も前の本だし、そんなに売れんかったはずなのに。」

「でも知っとるよ。あの本を読んでから、寺岡さんのお父さんの絵が大好きになったんだけん。二年くらい前に、広島のギャラリーであった個展《こてん》にも行ったよ。」

『がんばれキサブロー』は、絵本のコンクールで入選したことがきっかけで出版《しゅっぱん》された、お父さんがかいたゆいいつの絵本だ。

文章はあまり書かれていなくて、ほとんど絵だけでお話が進んでいく。

好奇心《こうきしん》いっぱいで町を歩きまわる女の子ハルちゃんと、そのハルちゃんを心配して追いかけるイシガメのキサブローとの、小さな冒険《ぼうけん》の物語。犬に追いかけられたり、キサブローがすべり台から転げ落ちたり、道に迷《まよ》ったりもする。

キサブローのモデルは、お父さんが小さなころに飼《か》っていたというイシガメで、ハルちゃんは、三歳《さい》のころのわたしらしい。

読んでいるとわくわくするし、なによりそこにかかれている町の風景が、とてもきれいなのだ。

売れない画家だのなんだのと言いながら、わたしはやっぱり、お父さんのかく絵はすごいと思っている。

油絵の具を使って、あざやかにかかれた動物は、とてもユニークだ。南国に生《お》いしげっているような花や植物は、力強くてド派手《はで》なのだけれど、風に吹《ふ》かれているようなさわやかさもある。じっと見ていると、絵の中の花のかおりがただよってくるような、太陽のぬくもりが伝わってくるような気もする。

そして、胸《むね》の奥《おく》からどんどん元気がわいてくる。

けれど、まさかお父さんの絵を、筒井《つつい》君が好きだと言ってくれるなんて思ってもいなかった。そのうえ、『がんばれキサブロー』を知っていたなんて。

おどろいて口をぽかんと開けたままのわたしに、筒井君は続けて言った。

「はじめは弟が読んで、この本おもしろいよってすすめてくれたんだ。ぼくもこんなふうに、カメを連れて歩きまわってみたいって。」

「筒井君の弟って、何年生なの？」

わたしが聞いたのと、縁側《えんがわ》のガラス戸が開いて、丸いお盆《ぼん》を手にした筒井君のおばあさんが顔を出したのは、ほとんど同時だった。

「みなさんお疲《つか》れさま。いちご大福、どうぞめしあがって。」

おばあさんにそう言われて、わたしたちは庭の水道で手を洗《あら》い、縁側に並《なら》んで腰《こし》かけた。

しっとりとした求肥《ぎゅうひ》餅《もち》にくるまれた大きないちごを口に入れると、あまずっぱい果汁《かじゅう》があふれ出た。

「おいしいっす。」

「うまっ！」

「おーいしい。」

わたしたちの声が重なると、おばあさんは口に手をあててコロコロと笑った。

「あれっ、なんかいいにおいがする。」

わたしが言うと、おばあさんは
「ああ、それ、沈丁花《じんちょうげ》のかおりよ。」

と、二メートルほど先にある木を指さした。

淡《あわ》い赤紫《あかむらさき》色の花が、鞠《まり》のように丸くかたまって咲《さ》いている。

「わぁ、かわいい。」

思わずつぶやいたわたしを見て、おばあさんはにこりと笑ったけれど、わたしは恥《は》ずかしくなって、うつむいてしまった。

いちご大福を食べ終えた筒井《つつい》君とカズ君は、

「じゃあ、最後の仕上げをしようか。」

「はい。」

と言い合って、ホテイアオイを水の中にうかべはじめた。

ひとりで縁側《えんがわ》に残り、冷めたお茶を飲んでいたわたしに、

「美舟《みふね》ちゃん。」

と、おばあさんがささやいた。

顔を上げると、おばあさんはわたしの顔を、目を細めて見つめていた。

「森人《もりと》と、仲良くしてくれてありがとう。」

そう言って、わたしの手に、しわの多い白い手を重ねた。

「あ、いえ。」

あわてて首をふると、おばあさんはその手でわたしの手を、やさしくぽんぽんとたたいた。

「わたしは、この家には住んどらんのよ。ときどきこうして手伝いに来るだけ。だけんあの子は、いつもこの家にひとりでおるの。スポ少っていうのに入っとらんし、塾《じゅく》やお稽古《けいこ》ごとにも行っとらんせいか、休みの日や放課後に遊ぶ友だちもおらんみたいでね……。ちょっと、さびしそうなんよ。」

ひとりで家にいるって、どういうことなのだろう。

筒井君のお父さんは、よく海外に行くと言っていたけれど、お母さんも働いているのだろうか。キサブローを読んでくれたという弟は、今どこにいるのだろう。

いろいろと考えたけれど、そういうことをいちいち聞いてはいけない気がした。

「小さなときから、ええ子なの。いっしょうけんめいええ子にしとるけん、不憫《ふびん》でねえ。

わがままを言うたり、泣いたりもしたことがなくて……。」

わたしは、ただだまってうなずいた。

学校でも、筒井《つつい》君はとてもいい子だ。

たいていの男子は、授業《じゅぎょう》中によけいな発言をしたり、休み時間にケンカをしたり、さわいだりする。

けれど筒井君は、いつもニコニコと笑って、静かにそれを見ているだけだ。ケンカどころか、大きな声をあげたりふざけたりしたことはない。勉強だってよくできる。

カズ君と筒井君は、ふたり並《なら》んでしゃがみこみ、ホテイアオイがうかぶ池に目を落としていた。

濾過装置《ろかそうち》から流れる水が、小川のような音をたてていた。

七　おつかいに行った病院で

お昼ごはんを食べて計算ドリルを終えたわたしは、大きな布袋《ぬのぶくろ》を肩《かた》にかけて家を出た。尾道新《おのみちしん》医療《いりょう》センターという病院に、荷物を届《とど》ける仕事をたのまれたのだ。

坂のずっと上のほうに住む澄田《すみた》さんというおばさんが、ヘルニアとかいう病気で、一週間ほど前から入院しているらしい。

いつもは、だんなさんが、洗濯済《せんたくず》みの下着などを持っておみまいに行っているそうだけれど、今日から二日間ほど出張《しゅっちょう》で留守《るす》にするため、代わりにべんり屋寺岡《てらおか》が届けることになったのだ。

坂を下り、線路を越《こ》えたところにあるバス停から路線バスに乗った。病院までは、約十五分かかる。

海岸沿《ぞ》いをしばらく走り、大きな交差点を左に曲がってゆるやかな坂を上る。

病院が近づくにつれ、わたしの胸《むね》はざわざわと落ちつかなくなった。

六年前、おじいちゃんが死んだときにも、この道を通ったからだ。

あの日、おじいちゃんが倒《たお》れたという知らせを受けて、お父さんとお母さんとわたしは、東京から飛行機と電車を乗りついで尾道《おのみち》にやってきた。そしてタクシーでこの道を通り、病院に飛びこんだ。

けれど、そのときにはもう、おじいちゃんは息を引き取ったあとだった。

わたしはまだ幼稚園《ようちえん》の年長組だったけれど、呼《よ》びかけてもびくともしない手足や、冷たくなった白い顔、開かない目。おばあちゃんをだきしめるお母さんと、目を真っ赤にしたお父さんの姿《すがた》が、コマ切れで頭の中に残っている。

おばあちゃんを心配したお母さんが、尾道に引《ひ》っ越《こ》そうと言いだしたのは、それから間もなくのことだった。

小さかったわたしには、おじいちゃんが死んでしまったということが、よく理解《りかい》できなかった。さびしいと感じるようになったのは、むしろ時間がたってからだ。

バスを降《お》りると、冷たい風がひゅいっと吹《ふ》いた。

病院は木々《きぎ》を背《せ》にして、海を見下ろすように建っていた。記憶《きおく》の中の建物よりも、ずいぶん大きく感じられる。

ベージュ色の壁《かべ》を見上げると、小さな窓《まど》がずらりと並《なら》んでいた。

この窓のひとつひとつの奥《おく》で、病気の人たちが生活しているのかと思うと、息苦しいような気持ちになった。

お母さんから教えられたとおり、中央玄関《げんかん》から中に入った。

長いすが並び、赤ちゃんからお年寄《としよ》りまで、たくさんの人が座《すわ》っている大きなホールを通りぬけた。入院棟《にゅういんとう》と書かれたプレートの矢印にしたがって廊下《ろうか》を進む。

入院服にカーディガンをはおったおばあさんや、両手に大きな荷物を持った男の人、小さな赤ちゃんをだいた女の人などといっしょにエレベーターに乗って、七階で降《お》りた。

澄田《すみた》さんとは、今までにも何回か会ったことがある。庭の草むしりや、買い物代行をたのまれたことがあるからだ。

病室の大きな引き戸を開け、入り口からすぐのベッドのそばで、ささやくように、

「澄田《すみた》さん、澄田のおばさん。」

と、呼《よ》びかけた。

「ああ、美舟《みふね》ちゃん？」

元気そうな声に、ほっとした。

ベッドの周りにひかれた淡《あわ》い黄色のカーテンをそっと開き、頭からつっこむようにして中に入った。

水色の入院服を着たおばさんは、ベッドの上で上半身を起こして、雑誌《ざっし》を読んでいた。

「美舟ちゃん、よう来てくれたね。」

そう言いながら、おばさんは雑誌を閉《と》じた。

「おじさんにたのまれました。出張《しゅっちょう》で留守《るす》にしますからって。」

「うんうん、知っとるよ。ケータイに、留守のあいだのことは寺岡《てらおか》さんにたのみまし

たってメールが来とったから。美舟ちゃんが荷物を持ってきてくれたんじゃね。いつもお手伝いして、えらいねえ。」

「あ、いえ。」

「でも学校は？」

「今日は日曜日だから、お休みです。」

「ああ、そうか。ここにおったら、曜日がわからんようになるよ。」

おばさんは、少し悲しそうな顔をした。

わたしは、預《あず》かってきた布袋《ぬのぶくろ》を細長いクローゼットにしまい、おばあちゃんが炊《た》いたタケノコご飯を差しだした。

おばさんは声を小さくして、

「まあ、ありがとう。病院のご飯にあきてきたから、すごくうれしい。」

と言った。

ベッドサイドの棚《たな》に置かれていた花かごに水をさしてから、

「あのう、ほかに、なにかすることはありますか？」

と聞いたけれど、

「ううん、だいじょうぶよ。気をつけて帰ってね。」

おばさんがそう言ったので、わたしは「お大事に」と頭を下げて病室を出た。

エレベーターを一階で降《お》りて、廊下《ろうか》を右へと進む。少し行くと、ガヤガヤと人の声が聞こえてきた。

廊下に置かれている熱帯魚の水槽《すいそう》の向こうに、籐《とう》のいすやテーブルが置かれたカフェがあり、その向かいは大きな売店になっていた。もっと先には、銀行のキャッシュコーナーや郵便《ゆうびん》ポストもあるようだ。

さっき来たときには、こんなところは通らなかったはずだけれど……と思っていたら、

「寺岡《てらおか》さん？」

と、聞き覚えのある声がした。

声がしたほうを向くと、売店を背《せ》にして筒井《つつい》君が立っていた。緑と茶色のチェックの

シャツを着て、手にはレジ袋《ぶくろ》をさげている。

「寺岡さん、なんでここにおるん？」

いやいやそっちこそ、と思いながら、口は勝手に

「えーと、うちの仕事の手伝いで……。」

と動いていた。

「仕事って、べんり屋の？」

「うん。それでわたし、もう帰ろうと思っとったんだけど、なんか迷《まよ》ってしまったみたいで。」

「ああ、この病院は広いけん、はじめて来た人はよく迷うんよ。たぶん、エレベーターホールから反対側に来てしまったんだと思うけど。」

「……筒井君、くわしいね。」

「弟が、ここに入院しとるけん。」

「弟って、こないだ話してくれた、キサブローの好きな？」

「そう。凪人《なぎと》っていうんだ。」

「病気なの？」

「うん。生まれたときからいろんな病気があって、ずっと入院しとるんよ。ときどき家に帰ってくるんだけど、しばらくすると体調をくずして、また病院にもどるっていうくりかえし。家にいる時間より、病院にいる時間のほうが長いんじゃないかな。」

筒井《つつい》君は平気な顔をして言ったけれど、それはとてもたいへんなことだと思った。

なんと返事をしたらよいかわからなくてだまっていたら、筒井君は、

「会っていく？」

と言った。

「え？」

「弟に、会っていってよ。寺岡《てらおか》さんのこと、キサブローの絵本を書いた人の子どもだって言ったら、きっと喜ぶから。」

わたしは、知らない子に会うのはちょっとめんどうだな、と思ったのだけれど、筒井

君は返事も聞かずに、

「こっち。」

と、さっさと歩きだしてしまった。

わたしは、あわててそのあとを追った。

八　凪人《なぎと》君とキサブロー

廊下《ろうか》をもどり、またエレベーターに乗った。

「それ、なあに？」

と、レジ袋《ぶくろ》を指さすと、

「あ、これ？」

筒井《つつい》君は、レジ袋からマンガ雑誌《ざっし》を取りだして、表紙を見せてくれた。幼稚園《ようちえん》から三年生くらいまでの子がよく読んでいる、ぶ厚《あつ》い月刊《げっかん》雑誌だ。

「弟が好きだけん、毎月売店に買いに行ってやるんだ。」

五階の小児《しょうに》科病棟《かびょうとう》で降《お》りると、ほんのかすかに、おしっこと消毒液《しょうどくえき》が混《ま》じったようなにおいがした。廊下のわきには、小さなサイズの車いすや歩行器などが置かれている。

ナースステーションのカウンターには、アンパンマンやトトロのぬいぐるみがかざってあった。

幼稚園くらいの男の子がふたり、ペタペタとスリッパの音をたてて廊下の向こうから歩いてきた。背《せ》が高いほうの子が、筒井君に向かって「おっす」と手をあげた。

ほとんどの病室のドアは開けはなされていて、澄田《すみた》のおばさんが入院している外科《げか》病棟《びょうとう》とは、ずいぶん雰囲気《ふんいき》が違《ちが》っていた。

窓《まど》からは、なだらかな緑の斜面《しゃめん》が見下ろせて、その向こうには海が広がっている。

筒井君の弟がいるという四人部屋に入ると、窓際《まどぎわ》のベッドに寝《ね》ていた子がこっちを見て体を起こした。きっと、あの子が凪人君だ。

ふっくらとした丸顔の、色の白い子だった。

「お兄ちゃん、その子だれ？　入院するの？」

凪人君はわたしを見ると、なぜだかうれしそうに言った。

「違うよ、学校の友だち。」

「ちぇっ、なーんだ。」

凪人《なぎと》君は、すねたようにくちびるをつきだした。けれど、筒井《つつい》君がマンガ雑誌《ざっし》の入った袋《ふくろ》を見せると、笑顔にもどってそれを受け取った。

となりのベッドでは、まだ三歳《さい》くらいの男の子がねむっていた。お母さんらしい人が、パイプいすに座《すわ》って編《あ》みものをしている。

向かいのベッドと、そのとなりはからっぽだった。ふとんがくしゃりとなっているから、たぶんどこかに行っているのだろう。

「こないだ話しただろう？　キサブローをかいた人の子どもが、同じクラスにおるって。この人、寺岡美舟《てらおかみふね》さんっていって……。」

筒井君がそこまで話すと、凪人君はベッドに両手をついて、上半身をこっちに向けて乗りだしてきた。

「うそっ、マジ？」

丸くて大きな目が、きらきらしている。

わたしは、少しのけぞってからうなずいた。

「う、うん、マジ。」

「すっげー。」

凪人君は、両手を上げた。

「あの、凪人君は何年生なの？」

わたしはそう聞いたあとで、（しまった）と思った。学校にも行っていないのに、こんな聞きかたをするのはよくないと思ったのだ。

けれど、凪人君は右手をVサインのようにして、

「オレ二年生。」

と、明るく言った。

「ナギは、院内学級に通っとるんだ。」

「院内学級？」

「そう、長いあいだ入院しとる子のために、病院の中にある学校のこと。反対側の廊下《ろうか》

のつきあたりに教室があって、その手前には図書室もあるよ。」

筒井《つつい》君が言うと、凪人《なぎと》君は
「オレ、図書委員なんだ。」

と、胸《むね》をはった。

「『がんばれキサブロー』は、そこで見つけたんだよな。」

「な。」

筒井君と凪人君は、うなずき合っている。

お父さんが『がんばれキサブロー』を出版《しゅっぱん》したとき、おじいちゃんはまだ元気だったらしい。

お父さんが画家になることに大反対していたというおじいちゃんだけれど、東京に出てひとりでがんばっていたお父さんのことを、かげではずいぶん応援《おうえん》していたそうだ。

お父さんが絵本を出版したときには、広島中の本屋をまわって、『がんばれキサブロー』を買い集めたのだと、おばあちゃんが言っていた。

それらの本は、尾道市《おのみち》内の幼稚園《ようちえん》や小学校や公民館、図書館や親せきにまで配ったのだと聞いた。おじいちゃんは、たぶんこの病院の院内学級にも持ってきていたのだろう。

そして、図書室の棚《たな》に並《なら》んだその『がんばれキサブロー』を、筒井君の弟が手に取ったというわけだ。

まるで、おじいちゃんが起こした奇跡《きせき》のようだ。

「オレ、キサブローが大好きなんだ。」

凪人君は、そう言ってわたしを見た。人なつっこい笑顔が、とてもかわいい。

けれど、わたしは今まで重い病気の子と話したことがなかったから、少し落ちつかなかった。話をして疲《つか》れさせてしまわないだろうか、とか、急に具合が悪くなったらどうしよう、と考えてしまい不安だったのだ。

とつぜん廊下《ろうか》の向こうから大きな泣き声が聞こえて、わたしはぴくりと肩《かた》を上げた。

心臓《しんぞう》が、ドクドク鳴った。

けれど筒井君は、平気な顔だ。

「治療《ちりょう》をいやがって、泣く子がおるんよ。」

「まあでも、あれはシロウトだね。ぼくはもうプロだけん、あんなに泣かんよ。」

凪人《なぎと》君は、わたしの目をじっと見て言う。ほめられるのを待っているみたいだったから、

「えらいね。」

と言ったら、パジャマのそでをまくって、

「ほら。」

と、細い腕《うで》を見せてくれた。

たぶん注射《ちゅうしゃ》のあとだろう、そこには紫《むらさき》色の小さなあざがついていた。

「かわいそうに、痛《いた》くない？」

「いたいよ、でもオレ泣かん。」

そう言って、凪人君は口元にぎゅっと力を入れた。

廊下《ろうか》を、カラカラとなにかの機械が通りすぎていく音がした。泣き声は、なかなかや

まない。

「あら、お友だち？」

病室に入りかけた女の人がわたしを見て、入り口のところで立ち止まった。

肩《かた》までの髪《かみ》をうしろで結び、グレーのトレーナーに、黒いジャージのようなズボンをはいている。家にいるときみたいな服装《ふくそう》だけれど、ちっともだらしない感じではなかった。

「寺岡美舟《てらおかみふね》さん、同じクラスの。」

筒井《つつい》君が言うと、女の人は歩きながら、

「ああ、ああ。」

と、笑顔で何度もうなずいた。どうやら、筒井君のお母さんらしい。

わたしと筒井君がパイプいすに座《すわ》り、筒井君のお母さんは凪人君のベッドに腰《こし》かけて、四人で少し話をした。

べんり屋寺岡の仕事のことや、お父さんの絵のこと。

凪人《なぎと》君は、スケッチブックにお絵かきをするのが大好きなのだと言った。でも、「そのスケッチブックを見せて」と言っても、恥《は》ずかしがって見せてはくれなかった。

そのうち、窓《まど》から入ってくる光が弱くなってきた。

家に帰ったら、ハナゾウの散歩をしなければならないことを思いだし、

「わたし、そろそろ帰ります。」

と言って立ち上がると、筒井《つつい》君のお母さんは、

「じゃあ、森人《もりと》ももう帰りなさい。暗《くら》くなると心配だから。」

と、筒井君に緑色のダウンジャケットをはおらせた。

向かいのベッドと、そのとなりの子は、いつの間にかもどってきて横になっていた。

さっき廊下《ろうか》ですれ違《ちが》った子たちだ。

エレベーターの前まで見送ってくれた筒井君のお母さんは、わたしの肩《かた》にそっと手をかけた。

「美舟《みふね》ちゃん、今日はありがとう。カメの池のことも、本当にありがとうね。わたしが

凪人につきっきりなものだから、森人には、あまりかまってやれなくて……。」

そこでエレベーターが到着《とうちゃく》して、筒井君のお母さんの手はふっとはなれた。

エレベーターに乗りこんでおじぎをすると、ドアが閉《し》まる直前に、筒井君のお母さんはもう一度わたしの顔を見つめながら、

「これからも、よろしくね。」

と言った。

ドアが閉まって、エレベーターが動きだす。

「お母さんは帰らないの？」

「うん、まだ帰らんよ。ナギにご飯を食べさせて、服を着がえさせたり本を読んでやったりして、夜になってから帰ってくるんだ。」

「毎日？」

「うん。」

「おばあさんは、いっしょに住んでないんでしょ？」

「うん。ばあちゃんの家は向島《むかいしま》にあるから。」

「じゃあ、ちょっとさびしいね。」

わたしの言葉に、筒井《つつい》君は返事をしなかった。

さっきまでは楽しそうだった筒井君の顔が、急に暗《くら》くなったように見えたから、よけいなことを言ってしまったのだろうかと思って、少し後悔《こうかい》した。

エレベーターを降《お》りて、廊下《ろうか》を歩いた。今度はあっさりとホールについて、その先から外に出ることができた。

昼間は春らしい陽気であたたかかったけれど、夕方になった今は冷たい風が吹《ふ》いていて、ふるえるほどだ。

バス停では、疲《つか》れたような顔をしたおばさんやおじさんが、五人ほど並《なら》んで待っていた。

その列のうしろについて立つと、筒井君は
「ナギ、元気そうに見えただろ?」

と、いつもより少し低い声で言った。

「うん。」

「でも、元気じゃないんだ。ちょっと太って見えるのは、薬のせいでむくんどるだけだし。食事制限《しょくじせいげん》があるから、好きなものを食べることもできないし。母さんは、ナギの前ではあんなふうにニコニコしとるけど、家ではときどき泣くよ。」

筒井君の目は、わたしではなく、もっと遠いところを見ているようだった。

「父さんは、仕事ばかりでほとんど家には帰ってこんし、ナギにもあんまり会いにこん。ナギのほうは、いつも父さんのことを待っとるのに……。」

バスは、それから間もなくやってきた。

てっきり筒井君も乗るのだと思っていたら、少しはなれた場所にある駐輪場《ちゅうりんじょう》に自転車を置いていて、それで帰るのだという。

「えっ、あの坂道を自転車で上ってきたの？」

「うん。オレ、どこまでだって自転車で行ける自信があるよ。」

筒井《つつい》君はそう言ったあと、小さな声でつぶやいた。

「だけんオレ、スポ少のやつらより体力はある。」

その顔がなんだかこわくて、いつもの筒井君らしくなかったからおどろいた。

バスに乗ったわたしは、いちばんうしろのシートに座《すわ》り、大きな窓《まど》から手をふった。

なにかに怒《おこ》っているようなエンジンの音とともに、バスが動きだした。夕暮《ゆうぐ》れの中に立つ筒井君の姿《すがた》は、あっという間に小さくなった。

病院の壁《かべ》にあるたくさんの窓も、小さくなって消えていく。今夜もあの窓の奥《おく》で、凪《なぎ》人《と》君たちはねむるのだ。

さっき筒井君のお母さんは、筒井君にかまってやれないと言っていた。

もしかすると、筒井君がスポ少に入っていないのは、お母さんがずっと病院にいて、お父さんも仕事で忙《いそが》しいからなのかもしれない。

スポ少は、毎日の練習のあとや休日の試合のときに、親の送りむかえが必要なのだ。当番を決めて、監督《かんとく》に差し入れをしたりお茶を配ったりもしなければならなくて、とてもたいへんそうだと、お母さんが言っていた。

筒井君は、きっと凪人君が生まれてからずっと、いろんなことをがまんして、がんばってきたのだろう。そしてあの家で、いつも暗《くら》くなるまで、ひとりぼっちで過ごしているのだ。

窓の外の景色が、ゆっくりと流れていく。

坂道を下りたところの交差点で、渋滞《じゅうたい》に巻《ま》きこまれて止まったバスを、筒井君の黄色い自転車が、ゆうゆうと追いこしていった。

九　おひなさま

バス停から歩いて家に帰ると、奥《おく》の和室でおばあちゃんがおひなさまをかざっていた。わたしがまだ赤ちゃんのときに、おじいちゃんとおばあちゃんが贈《おく》ってくれたという、三段《だん》かざりのおひなさまだ。

「あ、おひなさま。」

和室に入りながらわたしが言うと、

「ああ、美舟《みふね》。もうかざり終えてしもうたよ。美舟といっしょにかざろうと思うとったのに、なかなか帰ってこんけん、心配したよ。」

おばあちゃんはそう言って、正座《せいざ》をしたまままわたしを見上げた。

部屋中に、お人形やお道具をくるんでいた薄紙《うすがみ》や防虫剤《ぼうちゅうざい》が散らばって、空《から》になった小箱が積み上げられている。

「ごめんね。病院でぐうぜん筒井君《つつい》に会って、遅《おそ》くなっちゃった。」

わたしは、おばあちゃんのそばに座《すわ》った。

「筒井君って、このあいだうちに来た子？　お父さんといっしょに。」

「そう。」

「あの子、病気なん？」

おばあちゃんは、わたしを見つめた。

「ううん、そうじゃなくて、二年生の弟がずっと入院しとるんだって。生まれてから今まで、家におるより病院で生活しとるほうが長いんだって。」

わたしが言うと、おばあちゃんは「ほう」と、ため息のような声を出した。

それからふたりで、薄紙や古い防虫剤をかたづけた。

おばあちゃんとふたりでおひなさまをかざるのは、二月の後半の恒例《こうれい》行事だ。

金屏風《きんびょうぶ》を立てて親王台《しんのうだい》を置き、たんすや籠《かご》などのお道具を並《なら》べる。お内裏《だいり》さまの腰《こし》に刀をつけて冠《かんむり》をかぶらせ、おひなさまには扇《おうぎ》を、三人官女《さんにんかんじょ》には三宝《さんぼう》や銚子《ちょうし》を持たせる。

桜《さくら》は向かって右側に、黄色い実のついた橘《たちばな》は左にかざるのが決まりなのだと、小さなころにおばあちゃんが教えてくれた。

ひとつひとつを箱から取りだして、かざっていくのはめんどうくさい。それでもおひなさまをかざるとき、おばあちゃんの顔はとても輝《かがや》いて見える。

おばあちゃんは子どものとき、自分のおひなさまを持っていなかったそうだ。だからよけいに、こうしておひなさまをかざることができてうれしいのだという。

「いいねえ、おひなさまがあるだけで、部屋が華《はな》やぐねえ。」

小箱まですべてをかたづけてから、おばあちゃんはぼんぼりのスイッチを入れた。

あたたかなあかりの中で、おひなさまが少しだけ恥《は》ずかしそうにほほえんでいる。木《き》目込《めこ》み人形のまあるいお顔が、とてもかわいい。

「おばあちゃん。」

「ん？」

おばあちゃんは、おひなさまをながめていたままの笑顔でわたしを見た。

「筒井《つつい》君の弟の凪人《なぎと》君、治療《ちりょう》のときに泣かないんだって。まだ二年生なのに、えらいよね。」

おばあちゃんの笑顔が、ふっとくもった。

「……本当にねえ、痛《いた》かったりつらかったりするんだろうに。」

「うん。腕《うで》に、注射《ちゅうしゃ》のあとがついとった。それに。」

「それに？」

「わたし、筒井君もかわいそうだなって思った。」

おばあちゃんは、だまったままでうなずいた。

「筒井君の家に行ったとき、おばあさんが、筒井君は不憫《ふびん》だって言ったんよ。ええ子だけん、不憫なんだって。不憫って、かわいそうっていう意味でしょ？」

「うん。」

「筒井君のお母さん、弟の凪人君にかかりっきりなんだって。お父さんは仕事ばかりで、ほとんど家に帰ってこんって言っとった。筒井《つつい》君のお母さんとお父さんって、仲が悪いのかな。筒井君のお父さん、凪人《なぎと》君のことが心配じゃないのかな……。」

おばあちゃんは、正座《せいざ》したままわたしのほうに体を向けた。そして、

「美舟《みふね》。」

と、やさしく言った。

「ほかの子たちより、早く大人にならんといけん子が、この世界にはようけおるんよ。人にはいろいろ、事情《じじょう》ってもんがあるけんねえ。」

わたしは、しばらくだまってうつむいたあと、ゆっくりと顔を上げて言った。

「わたし、筒井君になにかしてあげられる？」

おばあちゃんは、首をふった。

「筒井君は、りっぱに自分でがんばっとるじゃろう？」

たしかにそうだ。

わたしなんかよりずっとしっかりしている筒井君に対して、「かわいそう」だとか、

「なにかをしてあげる」だなんて、思うことじゃなかったのかもしれない。

少ししゅんとしてしまったわたしの横で、おばあちゃんは、今度はおひなさまに目を向けた。そして、

「おばあちゃんは子どものころ、すごくおひなさまが欲《ほ》しかったんよ。でも、そんなこと、周りのだれにも言えんかった。言ったって手に入るものじゃないってことは、わかっとったし。」

と、ぜんぜん関係のないことを話しはじめた。

「おばあちゃんちって、貧乏《びんぼう》だったの？」

わたしが聞くと、おばあちゃんは「ふふっ」と笑った。

「おばあちゃんの家は広島にあったらしいんだけどね、おばあちゃんが生まれるちょっと前に、戦争でなくなってしもうたんよ。だけん貧乏どころか、おばあちゃんは物心《ものごころ》ついたときから、家も家族も、なーんも持っとらんかった。」

はじめて聞く話に、わたしはぽかんと口を開けた。おばあちゃんは、あまり昔の話を

しないのだ。

「家がなかったおばあちゃんは、親せきの家で大きくなったの。そこには、ふたつ年上のナオちゃんっていういとこがおって、りっぱなひな人形を持っとった。そのお人形があんまりきれいでね、ある日どうしてもさわってみたくなって、ちょっとだけ手をのばしたの。そしたらナオちゃんに、ものすごい剣幕《けんまく》で怒《おこ》られた。これはわたしのおひなさまなんだけん、勝手にさわらんで、って。五つか、六つくらいのときだったかなあ。」

「ひどい、そんな言いかた。」

「まあナオちゃんにしてみれば、大切なおひなさまを、こわしたりよごしたりされるのがいやだったんじゃろう。そんなこと、ぜったいにせんのだけどね。あれ以来おばあちゃんは、ナオちゃんのおひなさまを見るたびに胸《むね》が苦しくなって、涙《なみだ》をこらえるのがたいへんじゃった。」

わたしは、小さかったころのおばあちゃんの姿《すがた》を思いうかべて、胸が痛《いた》んだ。

「あのときナオちゃんが、ちょっとだけでもおひなさまにさわらせてくれとったら、どんなにうれしかっただろうって、今でも思うよ。それが無理でも、いっしょに見て楽しもうねって言ってくれとったら、あんなに悲しい気持ちにはならんかったと思うんよ。」

「うん。」

「もし、美舟《みふね》が筒井《つつい》君にしてあげられることがあるとしたら、そういうふつうの、小さなことなんじゃないのかな。なにか特別なことじゃなくて。」

「えっ、小さなことって?」

首をかしげるわたしに、おばあちゃんはだまってほほえんだ。

そのとき、廊下《ろうか》の向こうからカッカッカッカッと爪音《つまおと》が聞こえてきて、ハナゾウが和室に顔を出した。

大きな口を開け、べろんと舌《した》を出し、笑ったような顔で「パウッ!」とほえる。

しんみりとしていた部屋の空気が、一気に明るくなった気がした。

「ほら、ハナゾウがさいそくしとるよ。そろそろ散歩に行ってきんさい。」

おばあちゃんに言われたわたしは、ゆっくりと立ち上がった。

もっといろいろと聞きたいことはあったのだけれど、ハナゾウがうれしそうにわたしを見上げて「ウォンッ」と鳴いたので、しかたなく和室を出た。


月曜日の放課後、真帆《まほ》といっしょに校門を出ようとしたところで、小さな緑色のバケツをさげて、ゆっくりと歩いている筒井《つつい》君に追いついた。

「筒井君、なに持ってんの？」

真帆が聞き、ふたりでバケツをのぞきこむと、イシガメが首をひっこめて水にゆられていた。

「春休みに、ナギが一週間ほど帰宅《きたく》できることになったんだ。だけん、キサブローを池に入れて、見せてやろうと思って。」

「え？　このカメの名前、キサブローっていうの？」

おどろいて顔を上げると、筒井君はうなずいた。

「そう、キサブロー。」

照れたように笑う筒井君に、うしろから走ってきた磯村《いそむら》が、

「あ、筒井、いっしょに帰ろうぜ。」

と、声をかけた。

磯村に向かって「うん」とうなずいた筒井君が歩きだし、磯村も
「べんり屋、またなー。」

と言って行こうとしたので、わたしはあわてて呼び止めた。

「筒井君！」

「え？」

「こんど、うちに来て。お父さんの絵、たくさんあるから、アトリエで遊ぼう。」

筒井君は、いっしゅんきょとんとした。けれどそのあと、すぐに笑顔になって、大きくうなずいた。

「うん、ありがとう。うちにも、カメを見に来てよ。」

そう言って、またゆっくりとした足取りで、校門を出ていった。

十　あっけない合格《ごうかく》発表

「あ、あった。」

日曜日の朝、パソコンをのぞいていたカズ君がぼそっと言った。

お母さんは、事務所《じむしょ》に掃除機《そうじき》をかけようとコンセントにプラグを差しこみ、わたしは散歩からもどってきたばかりのハナゾウのお皿に、ドッグフードを入れているところだった。

「なにが?」

「あったって?」

わたしとお母さんは、同時に顔を上げた。

「ぼくの番号。あったっす。」

「番号？」

「なんの？」

「受験番号、合格《ごうかく》しました。」

数秒間、事務所《じむしょ》はしんと静まった。それから、

「えーーっ！」

「合格ぅ？」

わたしのさけび声と、お母さんのうなるような声が重なった。

お母さんは掃除機《そうじき》を放りだし、わたしはハナゾウを右手でかかえて、パソコンの画面に顔を近づけた。そこには、「２３５５」という数字と、合格という文字が大きくうつしだされていた。

「この番号、カズ君の？」

お母さんが、カズ君の肩《かた》をつかんでゆらす。

「はい、そうっす。パスワードを入れて画面を出したんで、まちがいないっす。」

「いやだ、カズ君ったらダメじゃない。どうして合格発表が今日だって言わないのよ。試験ができなかったって言うから、てっきり本当に落ちたと思ったじゃないの。なによもう、ダメじゃない、合格してるじゃないの。もう、本当にダメじゃない。」

お母さんはすっかり舞《ま》いあがり、合格したカズ君に向かって「ダメじゃない」を連発した。

ハナゾウが身をよじり、わたしの腕《うで》からのがれようとする。床《ゆか》におろすと、ぶるぶるっと体をふるわせた。

少し落ちついたお母さんは、カズ君の手を取って上下に動かす。

「すごいね、働きながらよくがんばったね、よかったね。」

「はあ、どうも。」

「おめでとう、カズ君。」

「あ、どうも。」

「なにぼんやりしてるのよ、もっと喜びなさいよっ。」

いや、カズ君だって喜んでいるのだ。ただ、お母さんが横であんまりさわぐから、その喜びを表現《ひょうげん》するタイミングを失ってしまっただけなのだ。

アトリエのドアが開いて、中からお父さんが現《あらわ》れた。

「さわがしいけど、なんかあったの？」

仕事用の小ぎたないスモックを着て、サンダルをぺたぺたと鳴らしながら近づいてくる。

それと同時に、おばあちゃんが奥《おく》の廊下《ろうか》から続くドアを開けて入ってきた。

「あれまあ、みんな勢《せい》ぞろいしてどうしたん？」

おばあちゃんは笑いながら、自分のデスクのそばにきた。

「カズ君、合格《ごうかく》したんだって。今わかったの。」

わたしが言うと、お父さんは「おおっ」と低い声を出して身をのけぞらせ、それから、
と、目を丸くした。

「すごいなあ。」

おばあちゃんは、きょとんとした顔をしている。

「今日が合格発表なん？　カズ君、今から見に行くん？」

「いや、おばあちゃん、もうわかったんす。ぼくが今、ネットで確認《かくにん》したんで。」

「ネットって？」

わたしは、おばあちゃんの手を取ってカズ君のパソコンの前に連れていった。

「これ、カズ君の番号。ね、合格って書いてあるでしょ？」

おばあちゃんは、顔を前につきだして、じっとその画面を見つめていた。

それから「うっ」と声をつまらせたかと思ったら、エプロンのすそを両手でつかんで、自分の目におしあてた。

肩《かた》が小さくふるえている。その横で、ハナゾウがおもちゃのボールを前あしでコロコロと転がしていた。

ひとしきりみんなの興奮《こうふん》がおさまると、おばあちゃんはカズ君に、

「カズ君、今から家に帰って、ご両親に報告《ほうこく》しておいで。自分の口で、ちゃんと合格し

たって言わんといけんよ。」

と言った。

けれどカズ君は、

「でも、これから菓音《かのん》に行って、すみれちゃんを預《あず》かることになっとるんで。」

と、あまり家に帰りたそうではない。

ケーキ屋菓音を経営《けいえい》する里砂《りさ》さんは、すみれちゃんという女の子をひとりで育ててい
る。すみれちゃんはカズ君にとてもなついているため、店が忙《いそが》しいときなど、よく子守
りをたのまれるのだ。

「なに言ってるの、そっちはわたしが行くわよ。」

「そうだな、こういうことは、早く伝えたほうがいいぞ。」

お母さんとお父さんから言われて、カズ君はしぶしぶという感じでうなずいて立ち上
がった。

港の近くのおんぼろアパートでひとり暮《ぐ》らしをしているカズ君は、たぶん長いあいだ、

実家に帰っていない。

カズ君のお父さんは、なんとか重工業という大きな会社のえらい人で、高校の先生をしているお母さんは、とても教育熱心だそうだ。そしてお姉さんは、最難関《さいなんかん》と言われるT大学の大学院に通っているのだと聞いた。

そんな家族の中で、カズ君だけは勉強ができなかったらしい。すべり止めで入った高校はサボりがちになり、家族ともうまくいかなくなった。

カズ君は、ずっと自分に自信がなかったのだと話してくれたことがある。

背中《せなか》を丸めて靴《くつ》をはきながら、カズ君は、

「でも、ぼくが帰っても、親は喜ばないと思うんっすよね。ぼくは、ほんとにできの悪い息子なんで。親はぼくのこと、ずっと物足りないって思っとったし。」

と、ぶつぶつ言っている。

おばあちゃんがやさしい声で、

「だったら、すぐこっちに帰ってきんさい。今夜はお祝いのごちそうをいっぱい用意して待っとくけん、ご両親にも声をかけて、合格《ごうかく》祝いの夕食会に来てくださいって、ちゃんと言うんよ。」

と言ったのに、

「いや、せっかくですけど、うちの両親は来ないっすよ。」

と、すねたようにつぶやく。

「ああもう、ぶつぶつ言ってないで、早く行きんさいっ。」

とうとうおばあちゃんに怒鳴《どな》られたカズ君が出ていくと、事務所《じむしょ》はしんと静まった。

お母さんは、パンッと両手を合わせて立ち上がった。

「じゃあ、今から菓音《かのん》に行ってすみれちゃんを預《あず》かってくるから、美舟《みふね》は事務所《じむしょ》の掃除《そうじ》をお願いね。」

「はぁい。」

「今夜はごちそうにしなくちゃ。カズ君の合格《ごうかく》祝いなんだから。お料理のほう、おばあちゃんお願いね。」

「いやー、合格したかー、カズ君はすごいなー。」

「はいはい。」

お父さんが、笑顔で何度もうなずいている。あれだけ無神経《むしんけい》な発言をしておきながら、そのことはすっかり忘《わす》れているみたいだ。

大人なのに、お父さんはどうしてこんなに無邪気《むじゃき》なのだろう。そのせいで、周りのみんなが、どれだけ気をつかっているか、わかっているのだろうか。

わたしは大きく息を吸《す》うと、お父さんの足をふんづけた。

十一　なんで泣いてんの？

菜の花のちらしずしやアサリの酒蒸《さかむ》し、つぼみ菜やタケノコの天ぷらなどを前にして、カズ君のお母さんは、少し肩《かた》を縮《ちぢ》めるようにして座《すわ》っていた。紫《むらさき》の小さな花もようのワンピースがよく似合《にあ》う、きれいな人だ。

さっき事務所《じむしょ》に入ってきたときには、どことなく厳《きび》しい感じがするなあと思っていたけれど、台所に通されて料理を見たときの笑顔は、目が線のように細くなって、とてもやさしそうだった。

「すみませんね、せっかく来ていただいたのに、カズ君はまだ仕事中なんですよ。でも、もうすぐ帰ってくると思いますから。」

いすの上に正座《せいざ》をしたおばあちゃんが言う。

すみれちゃんを菓音《かのん》に送っていき、そのまま瀬戸《せと》の湯の手伝いをして帰ってきたお母さんは、それぞれの席の前にグラスや小皿を並《なら》べている。

お父さんは、少し居心地悪そうに座っていた。

カズ君は、午後になって実家からもどってきたあと、西村のおばあさんの家に呼《よ》ばれていった。

ストーブをかたづけてほしいということだったけれど、たぶんそのあとで、大学に合《ごう》格《かく》して仕事をやめなければならなくなったことを話しているはずだ。

九十歳《さい》を過ぎてひとり暮《ぐ》らしをしている西村のおばあさんは、よくうちに電話をしてくる。そして、カズ君を呼んで仕事をたのみ、そのあとで話し相手にするのだ。

そのたびにカズ君は、大正琴《たいしょうごと》の演奏《えんそう》や、カズ君と同い年くらいだという孫の自慢話《じまんばなし》を聞かされているらしい。

「あのう。」

カズ君のお母さんが、顔を上げておばあちゃんを見た。

「数真《かずま》がお世話になっておりますのに、今までご挨拶《あいさつ》にもまいりませんで、本当に失礼なことをいたしました。」

そう言って、深々《ふかぶか》と頭を下げた。

「今日、数真が久しぶりに家に帰ってきて。わたし、とてもおどろいたんです。」

カズ君のお母さんの言葉に、おばあちゃんは「うん、うん」とうなずいた。

「ええ、そうでしょう？　試験のあとでカズ君は、ぜったい不合格《ふごうかく》だって言っとったんですよ。それを真に受けとったら、とつぜん合格したなんて言うもんだから、わたしもおどろきましたよ。」

「あ、いえ、そうじゃないんです。」

「え？」

「あの子が、あんまり明るい顔をして帰ってきたから、おどろいたんです。」

「……はあ。」

「三年前までの、家にいるときの数真は、いつもぼんやりとねむそうで、つまらなそうな顔ばかりしていました。勉強するわけでもスポーツに夢中《むちゅう》になるわけでもなく、たまに小さな音でギターを弾《ひ》くだけ。そういうことにイライラして、顔を見るたびに、わたしは口うるさく叱《しか》っていました。この子はなんてダメな子なんだろうって、ずっと思っていたんです。」

カズ君のお母さんは、そこで目の前に置かれていたお茶に口をつけ、ひと呼吸《こきゅう》おいてから、また話しはじめた。

「でも、あの子が高校を卒業して、それを待ちかねていたように家を出ていって、はじめて気づいたんです。あの子が、どんなに家の中で追いつめられていたのかって。それでもう、わたしからは、あの子に会いに行ったり生活に口出ししたりしないようにしようって決めたんです。本当は、とても心配だったんですけど……。」

「だいじょうぶですよ。カズ君は、ずーっとうちで元気に働いとりましたよ。」

「はい、あの子を見たらわかります。みなさんに、本当によくしていただいたんだと思います。家ではしてやれなかったことを、していただいたんだと思います。」

「逆ですよ。カズ君のやさしさに、みんながどれほど救われとるか。うちの家族だけじゃありません、お客様もみんなです。ひとり暮《ぐ》らしのおばあさんの話し相手になったり、小さな子どもの遊び相手をしたり。みんな、本当にカズ君をたよりにしとりました。カズ君がどれだけええ子か、どうぞわかってあげてください。」

カズ君のお母さんは、テーブルの上で重ねた両手をぎゅっとにぎりしめ、うつむいた。

「主人にも、そのことに早く気づいてほしいんですけど、なかなか……。今日もあの子に対しては、冷たい態度《たいど》で。高校も大学も、お前が行くところはいつも中途半端《ちゅうとはんぱ》だなあって、ひどいことを言って。あの人は、小さなころの数真《かずま》にとても期待していたものですから、自分の思いどおりにならないことが、受け入れられないんだと思います。」

わたしは思わず、

「わあ、カズ君かわいそう。」

と言ってしまい、お父さんに腕《うで》をつかまれた。

「でもまあ、受け入れられようと受け入れられまいと、カズ君はちゃんと自分の道を歩きはじめとりますよ。時間がたてばいろんなことが変わりますから、あまり深刻《しんこく》にならんほうがええ。うちだって、主人と息子の仲が、どれだけ悪かったことか。」

おばあちゃんがそう言うと、今度はお父さんが、

「うん。」

と言った。

おじいちゃんは、お父さんが画家になることや、そのために芸術《げいじゅつ》関係の大学に進むことに、大反対していたそうだ。勉強もせずに絵ばかりかいていたお父さんと、できれば医学部に進んでほしいと思っていたおじいちゃんとの仲は、とても悪かったらしい。

そのためお父さんは、高校を卒業すると同時に家を飛びだして、東京で暮らしはじめた。お母さんと結婚《けっこん》をしてわたしが生まれてからも、ずっと尾道《おのみち》に帰らなかったのだという。

「今度、あの子と入学式用のスーツを買いに行くんです。ちゃんとオーダーして作ろうねって言ったら、そんなのもったいないよ、安物でじゅうぶんだよって。それに、貯

金だって少しはあるんだから、自分で買えるよって言うんです。いつの間に、あんなにしっかりしたのか。それとも、わたしがあの子のしっかりしたところを、見ていなかったのか……。」

カズ君のお母さんは、バッグからハンカチを取りだして、涙《なみだ》をぬぐった。

「ただいま。」

と、廊下《ろうか》から入ってきたカズ君は、そこにいる自分のお母さんを見て、

「うわっ。」

と言いながら、後ずさった。

けれど、それからすぐに照れくさそうな笑顔になった。

「母さん、来たの？」

「うん。」

「っていうか、なんで泣いてんの？」

「いいからいいから、ほらカズ君も座《すわ》って、おばあちゃんの料理をいただきましょう。

ね、乾杯《かんぱい》しましょう。」

お母さんが言い、カズ君が手を洗《あら》って席に着くのを待ってから、

「合格《ごうかく》おめでとう！」

と、みんなで乾杯した。

けれど、お父さんだけは、さっきから勝手にビールを飲んでいた。本当に、周りが見えない人だと思う。

「西村のおばあさん、どうだった？　カズ君が大学を受けたことは知っとったから、仕事をやめるって言っても、そんなにおどろかれんかっただろう？」

おばあちゃんが言うと、カズ君はうつむいて、

「いや。」

と首をふった。

「泣かれたっす。大正琴《たいしょうごと》を五曲も聞かされたんすけど、ずっと泣きながら弾《ひ》いてて、正直つらかったっす。」

「西村さん、本当にカズ君のことをたよりにしとったからねえ。」

「カズ君がいなくなったら、うちはどうなるん？」

前から気になっていたことをわたしが聞くと、おばあちゃんは、

「なんとかなるよ。」

と言った。

「そうね、そもそもうちは、家事を中心にはじめた小さなべんり屋なんだから、カズ君が来てくれる前にもどると思えば、なんとかなるわ。力仕事は断《ことわ》って、庭掃除《にわそうじ》とか買い物代行とか、犬の散歩とか店の手伝いとかを中心にして。おばあちゃんには、あて名書きとかお裁縫《さいほう》とか、室内でできる仕事をがんばってもらって。」

お母さんがそう続けると、カズ君が口をはさんだ。

「あの、ぼくは連休とか長期の休みには帰ってくるつもりなんす。だけん、ウッドデッキのぬりかえとか庭木の剪定《せんてい》とか、力仕事は予約を取っておいてください。まとめて、休みにやりますから。」

ああ、カズ君がときどき来てくれるのなら心強い、とわたしは思ったのだけれど、いちばんに喜びそうなおばあちゃんが、

「そんなことは、今から決めたらいけん。」

と、首をふった。

「カズ君は、これから新しい世界に入っていくんだけん。勉強がたいへんになるかもしれんし、友だちとのお付き合いとか新しいアルバイトとかで、忙《いそが》しくなるかもしれん。そっちのほうを、大切にしないといけん。」

カズ君は、「いや、でも」と、もごもご言っている。

お母さんが、

「もし、休みのあいだのアルバイト先としてうちを選んでくれるのなら、喜んで来てもらうわ。でも、おばあちゃんが言うように、それを今からは決めないほうがいいと思う。カズ君は、これから新しい生活をはじめるんだからね。」

と言うと、ようやくうなずいた。

すると、いきなりお父さんが大きな声で、

「いやあ、でもカズ君は、やっぱりときどきうちに来るだろう。なんてったってこっちには、真琴《まこと》さんがおるんだけん、なあ。」

と言って笑った。

カズ君は、

「いや、それは、あのちょっと……。」

と、真っ赤になってあわてた様子だ。

カズ君のお母さんが、

「え、なに、真琴さんってだれのこと？」

と、首をかしげた。

「友だち、近所の友だち。」

「友だちっていうか、恋人ですよ。なぎさ園という施設《しせつ》に勤《つと》めとる女の子です。なあ、カズ君。付き合いはじめて、どのくらい経《た》つかなあ。」

お父さんが、まじめな顔をして聞いた。

「まあ、そうなの?」

カズ君のお母さんは、目を丸くしてカズ君のほうを向く。

かわいそうなカズ君は、手にしていたワイングラスを落としてしまった。

十二　とつぜんの知らせ

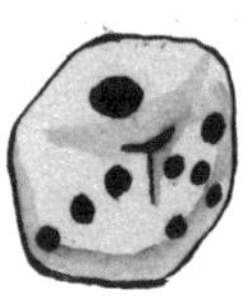

うちの前の、坂道をはさんだ向こう側には、桜《さくら》の大木がある。その枝《えだ》でふくらんでいく薄紅《うすべに》色のつぼみを見ていると、ふわふわとやさしい気持ちになってくる。

春休みに入って二日目の午後、わたしは事務所《じむしょ》のカズ君のデスクに座《すわ》り、名刺《めいし》よりちょっと大きいくらいの、べんり屋寺岡《てらおか》の宣伝《せんでん》カードを五十枚《まい》ずつ束にする作業をしていた。

春になれば、新しくこの町に引《ひ》っ越《こ》してくる人たちがいる。だから、ケーキ屋菓音《かのん》やフルールや瀬戸《せと》の湯、ショッピングモールや尾道《おのみち》ラーメンの店など町のあちこちに、この宣伝カードを置いてもらおうというわけだ。

カードには、ハナゾウが草むしりをしているイラストがかかれている。もちろんお父さんのかいた絵で、それをパソコンでカードにしてくれたのはカズ君だ。

向かいのデスクに座ったおばあちゃんは、この春小学校に入学する女の子の〈さんすうセット〉のサイコロに、名前シールを貼《は》っていた。

〈さんすうセット〉には、かぞえ棒《ぼう》やサイコロ、おはじきやニセモノのコインなどがたくさん入っていて、そのひとつひとつに小さなシールを貼るのはけっこうたいへんらしい。

一日中仕事をしていたり、シングルマザーだったりして忙《いそが》しいお母さんたちは、入学や入園の準備《じゅんび》をよくうちにたのみに来る。

ちなみに今、お母さんは奥《おく》の部屋で、幼稚園《ようちえん》に入園する男の子のために、お稽古《けいこ》バッグやコップ袋《ぶくろ》などをミシンで縫《ぬ》っている。

カズ君は、朝から大学の入学準備《じゅんび》説明会とかいうものへ出かけていった。このところ、仕事の合間にアパート探《さが》しや引っ越しの手配をすすめているようだ。

そしてお父さんは、ずっとアトリエにこもって絵をかいている。

一週間ほど前、筒井君《つつい》がうちにやってきて、アトリエの粘土《ねんど》でいっしょに遊んだ。そのときに、お父さんも筒井君と仲良くなったのだけれど、筒井君が帰ったあとから、熱心になにかをかきはじめたようなのだ。

それぞれに忙《いそが》しいそんな午後、目の前の電話がとつぜん鳴った。

おばあちゃんは、ちょうど一円コインにシールを貼《は》ろうとしているところだったから、わたしが緊張《きんちょう》しながら、受話器をとった。

「はい、べんり屋寺岡《てらおか》でございます。」

「もしもし、美舟《みふね》ちゃん?」

かわいい声に、肩《かた》の力がぬけた。

「うん、亜衣《あい》ちゃんでしょ?」

「そう、わたし。あのね、べんり屋さんにたのみたいことがあるんだけど。」

「なに、どうしたの?」

「明日、おばあちゃんの施設《しせつ》に荷物を取りに行かなくちゃならないんだけど、お父さんもお母さんも忙しくて行けそうにないの。それで、わたしをそこまで連れてってもらえないかと思って。」

「荷物？」

「そう。そこに小箱があるんだって。たいていの荷物は今日持って帰ったんだけど、それだけ忘《わす》れてきてしまったみたいで。」

「えーと、ちょっとよくわかんないんだけど、おばあさんの荷物をこっちに持ってくるってこと？」

「うん。今朝、おばあちゃんが死んじゃったから。」

亜衣ちゃんがふつうの調子で言ったから、言葉の意味を飲みこむまで数秒かかった。

わたしは、「あ」の字の形に口を開けたまま、声を出すことができなくなった。

すると少しの間をおいて、受話器からおじさんの声が聞こえてきた。

「もしもし美舟ちゃん、とつぜんごめんね。ちょっとお家の人にかわってもらえるかな。」

わたしは、亜衣の父親なんだけど。」

わたしが無言で受話器を差しだすと、おばあちゃんは眉《まゆ》を寄《よ》せて首をかしげながら、電話をかわった。

そして、受話器を耳にあてるとすぐにかたい表情《ひょうじょう》になり、「まあ、それは、ごしゅうしょうさまでございます」と言いながら頭を下げた。それから何度か、「はい、はい」と相づちを打ったあと、「かしこまりました。では、明日の午後一時におむかえにまいります」と言って、静かに受話器を置いた。

「……亜衣《あい》ちゃんのおばあさん、死んじゃったの？」

「うん。今朝早く、というか、まだ夜中だったんだって。」

おばあちゃんは、かけていた老眼鏡《ろうがんきょう》を外して、ふうっと大きく息をついた。

亜衣ちゃんのおばあさんは、このところとても調子がよかったのだけれど、夜中にとつぜん心臓《しんぞう》の発作を起こして、そのまま施設《しせつ》で亡《な》くなったそうだ。

亜衣ちゃんたちは、連絡《れんらく》を受けてすぐに車でかけつけたのだけれど、間に合わなかったという。

それからいろいろと手続きをして、施設の部屋を引きはらって帰ったのだけれど、そこに小箱だけを残してきてしまったらしい。

施設の人の話では、その小箱の中には、おばあさんの老眼鏡と写真が一枚《まい》入っているということだった。

できれば老眼鏡は、おばあさんのそばに置いてあげたいし、もしその写真が思い出のつまったものだったら、ぜひ遺影《いえい》に使いたい。亜衣ちゃんのご両親は、あさって行われる葬儀《そうぎ》の準備《じゅんび》などで忙《いそが》しいから、べんり屋寺岡《てらおか》に、亜衣ちゃんといっしょに行ってほしいという依頼《いらい》だった。

亜衣ちゃんの家は、お父さんもお母さんも中学校の先生だから、部活指導《ぶかつしどう》などもあって、いつも帰りが遅《おそ》くなる。

だから亜衣ちゃんは、赤ちゃんのときから、おばあさんに育てられたようなものだったと聞いたことがある。

ご飯やおやつを食べさせてもらったり、公園に遊びに連れていってもらったり、保育園の送りむかえをしてもらったりした。遠足のお弁当《べんとう》もおばあさんの手作りだったし、授業参観《じゅぎょうさんかん》や発表会にも、いつもおばあさんが来ていたそうだ。

大きなお風呂《ふろ》が好きだったおばあさんは、毎日のように亜衣《あい》ちゃんを連れて、瀬戸《せと》の湯に行っていた。そしてお風呂上がりは、いつもふたりでぶらぶらと散歩をしながら、家まで帰っていたのだという。

ところが一年前、おばあさんは病気で倒《たお》れて左半身がまひしてしまった。仕事を持っているお父さんやお母さんにとって、家での介護《かいご》はたいへんだったようで、おばあさんは半年前に、ここから少しはなれた場所にある施設《しせつ》に入ることになった。

そのときに亜衣ちゃんは、おばあさんをもう一度銭湯《せんとう》に入れてあげてほしいと、うちに依頼《いらい》してきた。

そこでわたしたちは、部屋に浴槽《よくそう》を運びこむことができる入浴介助車《かいじょしゃ》というのを利用して、銭湯気分が味わえるように、瀬戸の湯の音を流しながらお風呂に入れてあげたのだ。

わたしは、そのときに一度だけ、亜衣ちゃんのおばあさんに会った。

小さな丸い顔が、どことなく亜衣ちゃんに似《に》ていたのを、よく覚えている。やせた手足や短い白髪《しらが》が、いかにも病気のお年寄《としよ》りという感じで、見ていると少しつらかった。でも、亜衣ちゃんを見るおばあさんの目は、亜衣ちゃんをふわっと包みこむようだった。

亜衣ちゃんは、ついこのあいだおばあさんのことを、「少し体が動くようになったんよ」と、うれしそうに話していた。「春休みになったらまた遊びに行くんだ」と言って、笑っていた。

あのときは、まさかこんなことが起こるなんて思っていなかった。亜衣ちゃんは今どんな気持ちだろうと考えたら、胸《むね》の奥《おく》がキュウッと音をたてて縮《ちぢ》む気がした。

十三　さびしさは宝物《たからもの》

翌日《よくじつ》は、朝から風が強かった。

ほこりっぽいなあと思っていたら、洗濯《せんたく》かごをかかえたお母さんが裏庭《うらにわ》から台所にもどってきて、「黄砂《こうさ》がひどくて、洗濯物が外に干《ほ》せないわ」と言った。「困《こま》ったわねえ、家の中に干したんじゃなかなか乾《かわ》かないし。ただでさえ春は忙《いそが》しいのに、黄砂なんて飛んでこないでほしいわよ、ほんと迷惑《めいわく》」と、ぶつぶつ文句を言っている。

わたしは、お母さんに言われたとおり黒いズボンをはき、ネイビーのパーカーをはおった。カズ君は、白いシャツに黒いコットンパンツ、そして濃紺《のうこん》のセーターというかっこうだ。おばあちゃんは、ダークグレーのワンピースに黒いカーディガンをはおっている。人が亡《な》くなったのだから、あまり派手《はで》な服は着ないほうがいいらしい。

お昼ご飯を食べてから、家を出た。

たたきつけるような風を受けながら、無言で坂を下り、坂下の駐車場《ちゅうしゃじょう》に置いている仕事用の軽自動車に乗りこんだ。それからその車で、駅の向こうにある亜衣《あい》ちゃんの家までむかえに行った。

玄関《げんかん》に立つと、家の奥《おく》から何人かの話し声が聞こえてきた。たぶん、親せきの人たちが集まっているのだろう。

わたしは、どうやって亜衣ちゃんをなぐさめたらいいのだろうとドキドキしていたけれど、「こんにちは」という声とともに、玄関の戸を開けて出てきた亜衣ちゃんは、意外にもふだんと変わらない感じだった。

しかも、薄緑《うすみどり》色のセーターにベージュのスカートという春らしい服装《ふくそう》だ。

「亜衣ちゃん、たいへんじゃったね。」

おばあちゃんが声をかけると、うなずく亜衣ちゃんのうしろから、亜衣ちゃんのお父さんらしい人が現《あらわ》れた。

小柄《こがら》な男の人で、うちのお父さんよりずいぶん年上のようだ。髪《かみ》はパサついているし、赤くなった目をしょぼしょぼさせていて、とても疲《つか》れているように見える。

「いつも、亜衣《あい》がお世話になっております」と、亜衣ちゃんのお父さんは言い、「いいえ、こちらこそ。このたびは、まことにごしゅうしょうさまでございます」と、おばあちゃんが言う。「おそれいります。今日は急なお願いをいたしましたのに、お引き受けいただいて」「亜衣ちゃんのことはちゃんとお預《あず》かりして、行ってまいりますので」と、ふたりは頭を下げ合っていた。

このやりとりのために、カズ君だけではなくて、忙《いそが》しいお母さんにかわっておばあちゃんもついてきたのだ。

挨拶《あいさつ》を終えたおばあちゃんが、

「じゃあ、行こうか。」

と言うと、亜衣ちゃんは
「お願いします。」

と、小さな体をふたつに折った。

わたしと亜衣ちゃんは、後部座席《こうぶざせき》に並《なら》んで座《すわ》った。

「亜衣ちゃん、道はわかる？　いちおう地図は持っとるんだけど、なにせこの車、ナビがついとらんから。」

カズ君が言うと、亜衣ちゃんは
「だいじょうぶです。」

と、しっかりとうなずいた。

わたしは、亜衣ちゃんがあまり悲しんでいないことにほっとした。けれど同時に、あれほど好きだったおばあさんが亡《な》くなったというのに、なんだか冷たいな、という気もしていた。

車の中では、ずっとふたりでおしゃべりをした。「初美《はつみ》先生はちょっとコワいけど、おもしろい先生だよね」とか、「磯村《いそむら》は、いいやつかもしれんけどうるさいよね」とか。

それから、「檀上《だんじょう》さんのうわさ好きは、なんとかならんもんだろうか」とか……。

窓《まど》の外を流れる景色は、海辺の道から高速道路へ、それを降《お》りると、田んぼの中の道へと変わっていった。

出発してから四十分ほどたったころ、車は山道に入り、少しだけ坂を上って、その施《し》設《せつ》に到着《とうちゃく》した。

まだ新しい建物は、白い壁《かべ》の二階建てで、ずいぶんと横に長かった。

車から降り、強い風に背中《せなか》をおされるようにして玄関《げんかん》の自動ドアから入っていくと、すぐに廊下《ろうか》の向こうから、中年のちょっと太ったおばさんが小走りでやってきた。ピンク色のポロシャツに、白いカーディガンをはおっている。

「お待ちしておりました。わたし、美江子《みえこ》さんの担当《たんとう》でした、七瀬《ななせ》と申します。このたびは……。」

おばあちゃんと七瀬さんで、またひととおりていねいな挨拶《あいさつ》が交わされた。

それから七瀬さんは、亜衣《あい》ちゃんのほうを見て、

「亜衣ちゃん、急なことでびっくりしたね。」

と言った。

ときどきここに来ていたという亜衣ちゃんは、七瀬さんとも顔見知りなのだろう。

「じゃあ、さっそく行きましょう。」

わたしたちは、玄関ホールをはさんで、リハビリ室や食堂などがあるほうとは反対の廊下を進んだ。

廊下に沿《そ》って、木目のきれいなドアがいくつも並《なら》んでいる。七瀬さんは、その中のひとつに入っていった。

ひろびろとした部屋の真ん中に、車いすがぽつんと置かれている。介護用《かいごよう》のベッドからはシーツが外され、青色のマットレスがむき出しになっていた。

カーテンが開けはなされた窓からは、モクレンの白い花や、黄緑色の新しい葉っぱをつけた木々《きぎ》が見える。

「これなんですよ。」

そう言って七瀬さんは、ベッドサイドに置かれている背《せ》の低い棚《たな》の引き出しから、十五センチ四方くらいの箱を取りだした。

お菓子《かし》かなにかが入っていた箱だろう。ふたには桜《さくら》色の和紙が貼《は》られていて、とてもきれいだ。

「昨日はとつぜんのことでしたし、衣類や生活用品をまとめるのに気を取られて、この小箱を見落としていました。ベッドから右手をのばして、ちょうど届《とど》く場所に置かれていましたから、きっと大切にされていたんだと思います。」

そう言って、七瀬《ななせ》さんは両手で亜衣《あい》ちゃんに箱をわたした。亜衣ちゃんは、手にしたそれをじっと見つめて、ふたに右手をかけようとした。そのとき、

「せっかくですから、どうぞお茶でも飲んでいってください。」

と七瀬さんが言った。

亜衣ちゃんは、そこで手を止めた。

玄関《げんかん》ホールの横にある応接《おうせつ》室《しつ》の窓《まど》から見える木は、小さな黄色い花をこぼれるように咲《さ》かせていた。強い風に流されて、花も葉っぱもまるで生き物のようにゆれている。

「あれは、ミモザアカシアの木なんです。ここができたときに記念に植えたら、あっという間にあんな大木になって……。」

ソファに座《すわ》ったわたしたちの前に、お茶を並《なら》べながら七瀬さんは言った。

「ここは、とてもいいところですね。」

おばあちゃんが言うと、七瀬さんは一度うなずいたあと、眉尻《まゆじり》を下げて苦笑いのような顔をした。

「たしかに、静かで自然の多いところです。でも、静かなところを好む方もいれば、街の暮《く》らしをなつかしむ方もいらっしゃって、本当に、人それぞれだなあって思います。」

「ああ、そうかもしれませんね。」

「ええ。とくに夕方から夜にかけて、このあたりは本当にさびしいものですから、急に心細くなって、泣きだしてしまう方もいらっしゃるんですよ。」

「おばあちゃんも？」

「え？」

「おばあちゃんも、泣いたりしたんですか？」

亜衣《あい》ちゃんが七瀬《ななせ》さんを見つめると、七瀬さんはあわてた様子で、

「ううん、美江子《みえこ》さんは、そんなことはなかったんよ。いつもしっかりとしておられたし、ここを気に入ってくださっとったから。」

と、首をふった。

「歌がお好きだったから、車いすでお散歩するときなんて、いつも鼻歌を口ずさんでね。ちゃんとした歌にはなっていなかったんだけど、動くほうの手でリズムを取りながら、にこにこ笑って。お花や草木のことにもくわしくて、職員《しょくいん》がよく花の育てかたを教えてもらっとったの。」

「じゃあ、おばあちゃんはいつも楽しそうだったんですか？　さびしそうには、していなかったんですよね？」

亜衣ちゃんに真剣《しんけん》な目で見つめられた七瀬さんは、少しのあいだうつむいて「んー」とうなった。それから顔を上げると、

「……ほんの少しだけ、記憶《きおく》があいまいになることはあったかな。本当に、少しだけ。」
と言った。
「ときどき美江子さん、夕暮《ゆうぐ》れ時に窓《まど》の外をじっとながめて、亜衣ちゃんがまだ帰って
こんよお、って。どこまで遊びに行ったんだろうって、心配そうに言っておられた。」
しんとした部屋の中に、ヒューヒューと風の音が聞こえる。
朝からずっとニコニコしていた亜衣ちゃんは、くちびるをぎゅっと結んで、テーブル
の上に置いていた小箱を見つめた。
それからゆっくりと手をのばすと、そのふたを両手で取った。
箱の中には、亜衣ちゃんのおばあさんのものらしい老眼鏡《ろうがんきょう》と、写真が一枚《まい》入っていた。
保育園の園庭だろうか、ジャングルジムのそばで、亜衣ちゃんとおばあさんが、おた
がいのほっぺをくっつけ合って笑っている写真だ。
まだ元気なころのおばあさんの顔はふっくらしていて、とても幸せそうに見える。亜
衣ちゃんも、おばあさんの笑顔に負けないくらい、大きく口を開けて笑っている。

そして写真の下からは、フェルトで作られたウサギのマスコットがついた、ヘアゴムがふたつ現《あらわ》れた。

「あら、それも入っていたのね。」

七瀬《ななせ》さんが、ぽつりと言う。

たぶん、はじめは白かったはずのウサギはうすよごれ、首はくたくたと折れ曲がっていた。

亜衣《あい》ちゃんはそのヘアゴムを、そっと箱から取りだした。

「それ、亜衣ちゃんの？」

わたしが聞くと、亜衣ちゃんは小さく「うん」とうなずいた。

「わたしの髪《かみ》、毎朝おばあちゃんが結んでくれとったの。わたし、ちょっとでも気に入らないと、泣いたり文句を言ったりしたのに、おばあちゃん、怒《おこ》らずに何度もやり直してくれた……。」

「写真にも、うつっとるねえ。」

おばあちゃんが、写真を手にして言う。たしかに、写真の中で笑う亜衣ちゃんの、両耳の少し上のあたりには、白いウサギがついていた。

「お気に入りだったから、これじゃなくちゃいやだったの。このヘアゴムが見つからなくて、ぎゃあぎゃあ泣いたこともあって。それからは髪から外すと、いつもおばあちゃんが預《あず》かってくれるようになって……。」

亜衣ちゃんは少しのあいだだまりこみ、そのあとで、

「へんなの、こんなもの大切にして。すごくきたなくなっとるのに、へんなの。」

と言うと、くしゃりと顔をゆがめた。

それから、大きくひゅうっと息を吸《す》いこんだかと思ったら、「うーっ」と声をしぼりだし、ぽろぽろと涙《なみだ》をこぼした。

まるで、今この瞬間《しゅんかん》におばあさんが死んでしまったかのように、「おばあちゃん、おばあちゃん」と言いながら、泣き声は大きくなっていった。

車に乗るころには、亜衣《あい》ちゃんは少し落ちついていたけれど、泣きやんだわけではなかった。

走りだした車の中でも、ぼんやりと窓《まど》の外をながめては、鼻をすすったりしゃくりあげたりをくりかえしていた。

わたしはただ亜衣ちゃんの横に、肩《かた》をくっつけるようにして座《すわ》った。

車が山道を出たところで、また少し声を出して泣きはじめた亜衣ちゃんに、わたしは

「亜衣ちゃん、もう泣かんで。亜衣ちゃんがそんなに悲しんどったら、おばあさんだって、きっと悲しいよ。」

と言った。ほかに、どんな言葉でなぐさめたらいいかわからなかったのだ。

「ねえ、亜衣ちゃん……。」

わたしが亜衣ちゃんの顔をのぞきこもうとしたとき、

「美舟《みふね》ちゃん。」

カズ君の声がした。カズ君は、バックミラー越《ご》しにわたしと目を合わせると、

「いっぱい泣かせてあげようよ。」

と、とても小さな声で言った。

「ぼくも中学生の時に、ばあちゃんが死んじゃって、周りがびっくりするくらい泣いたんだ。悲しくて悲しくて、それが過ぎると、心にぽっかり穴《あな》があいたみたいになって。しばらくは体に力が入らんかった……。」

窓の外に目をやると、あんなに強かった風はやんだようで、木々《きぎ》の葉っぱはもうゆれていなかった。空は、紫《むらさき》がかったピンク色に染《そ》まっている。

「カズ君がいろんな人にやさしいんは、きっとその、心にあいた穴のおかげだわいね。」

おばあちゃんが、ゆっくりと言った。

「亜衣ちゃん、心にあいた穴を、無理にうめようなんてしなくてええんよ。さびしい気持ちは、いつかきっと亜衣ちゃんのためになる。だけん亜衣ちゃん、そのさびしさは、おばあさんがくれた宝物《たからもの》だと思いんさい。亜衣ちゃんが大きくなっていくために、おばあさんがくれた宝物だと思いんさいね。」

亜衣《あい》ちゃんはかすかにうなずいたけれど、わたしにはその言葉の意味が、ちっともわからなかった。

それから十分くらい過ぎたころ、亜衣ちゃんはおでこを窓《まど》にくっつけて、ひざに置いた小箱に両手をそえたまま、ねむってしまった。

十四　尾道《おのみち》に来た日

おひなさまを出すのはめんどうだけれど、しまうのはもっとめんどうだ。

お人形やお道具のほこりをていねいにふきとって、ひとつひとつをそっと薄紙《うすがみ》に包み、防虫剤《ぼうちゅうざい》といっしょにそれぞれの箱に入れていく。

いつもは、おばあちゃんといっしょにかたづけるのだけれど、今年はわたしひとりでやらなければならない。

おばあちゃんは、亜衣ちゃんの家に行き、葬儀《そうぎ》のあとかたづけや家の掃除《そうじ》、挨拶状《あいさつじょう》の発送などを手伝っているのだ。

亜衣ちゃんのお父さんとお母さんは、この春から新しい学校にうつることになっていて、とても忙《いそが》しいらしい。

カズ君は、明日なぎさ園で行われる、桜祭《さくらまつ》りの準備《じゅんび》に行った。

そしてお父さんは、あいかわらずアトリエにこもって絵をかきつづけている。熱心に、
いったいなにをかいているのだろうと思っていたら、

「ただいまー。」

と言いながら、お母さんが和室に入ってきた。

べんり屋寺岡《てらおか》の宣伝《せんでん》カードを、いろんな店に配りに行っていたのだ。

「あれ、お母さん、もう帰ってきたん?」

「うん。どこのお店も、こころよく置かせてくださったよ。それから、今そこで澄田《すみた》
さんに会ったわよ。昨日退院《たいいん》されたんだって。」

お母さんは、わたしのそばにすとんと座《すわ》った。

そして、ぼんぼりを手に取って、小さな電球を外しはじめた。

「バウッ。」

体を半分だけ和室に入れたハナゾウが、ひと声鳴いた。

爪《つめ》で畳《たたみ》をひっかいてしまうハナゾウは、和室への出入りを禁止《きんし》されている。ハナゾウはけなげにもそのルールを守り、わたしが和室にいるときには廊下《ろうか》で待っているのだけれど、前足までは入ってしまうのだ。

全身が入らなければ、セーフだと思っているらしい。

お母さんは、そんなハナゾウを目尻《めじり》を下げてしばらく見たあと、窓《まど》の外に目をうつした。

「ああ、いいお天気。」

「うん、まだ寒いけどね。」

障子《しょうじ》を半分だけ開けた窓からは、小さな裏庭《うらにわ》に咲《さ》く雪柳《ゆきやなぎ》が見えている。

「お母さんがはじめて尾道《おのみち》に来たのも、ちょうど今くらいの季節だったなあ。」

お母さんはそう言うと、ぼんぼりをそっと布《ぬの》でふきはじめた。

「へえー。そのときって、わたしもいっしょだったたん？」

と聞くと、

「もちろん。」

お母さんは、うなずいた。

おじいちゃんとケンカをして家を出ていたお父さんは、わたしが生まれてからも、ずっとこの家に帰ろうとしなかったそうだ。けれどお母さんはわたしを連れて、何度も尾道《おのみち》を訪《おとず》れたのだという。

「お母さんは、どうしてもおじいちゃんとおばあちゃんに、美舟《みふね》をだいてほしかったのよ。お母さんの両親は早くに亡《な》くなっていて、兄弟もいなかったから。美舟にとっての親せき、しかもおじいちゃんとおばあちゃんって、もう尾道にしかいなかったの。」

お母さんの話を聞きながら、わたしは金屏風《きんびょうぶ》をていねいに折りたたんでいった。

「それなのに、尾道駅についたころには、逃《に》げ帰りたいような気持ちになってしまってた。いちおうおばあちゃんには電話を入れといたんだけど、それでも、追いかえされたらどうしようって思えてきて……。」

「そんな、おじいちゃんやおばあちゃんが、追いかえすわけないのに。」

「まあ、今考えればそうなんだけど。そのときにはまだ、おじいちゃんやおばあちゃんのことを、なんにも知らなかったから。」

「あ、そうか。」

「それでも勇気を出して、坂道を上っていったの。まだ寒かったから、ふるえながらね。そしたら、ふいに坂の上から声が聞こえてきて。」

「声?」

「そう、大きな声で、明子《あきこ》さん、あんた明子さんじゃろうって。おばあちゃん、家の外でずっと待っててくれてたみたいで。お母さんが顔を上げて、はい、明子ですって返事をしたら、いきなり坂道をタッタッタッタッてかけおりてきて、お母さんにだきついたの。それでそのまま、美舟《みふね》を真ん中にはさんで、お母さんをぎゅーっとだきしめて。ようう来たね、よう来たねって、何度も背中《せなか》をさするのよ。冷たい風にこごえそうになっていた体には、それがとってもあったかくって。お母さんも、おばあちゃんにだきついちゃった。」

お母さんは、薄紙《うすがみ》に包んだぼんぼりを箱に入れると、静かにふたを閉《し》めた。

「おばあちゃんね、お母さんと同じだったの。赤ちゃんのときに両親を亡《な》くして、兄弟もいなくて、ひとりぼっち。親せきの家で遠慮《えんりょ》しながら大きくなって、人のすすめるままにおじいちゃんと結婚《けっこん》したんだって。それなのに、やっと家族ができたと思ったら、息子であるお父さんは出ていっちゃったんだから、本当に、どれだけさびしかったかと思うわよ。」

おばあちゃんが、周りのだれにもおひなさまを欲《ほ》しいと言えなかったのには、そんな理由があったのだ。

金屏風《きんびょうぶ》を箱におさめたわたしは、ひな人形を両手で持つと、ぽつりと言った。

「かわいそう……。おばあちゃんも、お母さんも。」

お母さんは手をのばし、わたしの頭をゆっくりとなでた。

「でもね、そんなさびしいころがあったから、お母さんは今のふつうの毎日を、本当に大切に思えるの。おばあちゃんだって、きっとそうだと思うよ。だれかがそばにいてくれることの幸せに、気づかない人もいるでしょう？　そっちのほうが、かわいそうなのかもしれないよ。」

あ、と思った。

このあいだおばあちゃんが亜衣《あい》ちゃんに言った、「さびしさは、おばあさんがくれた宝物《たからもの》だと思いんさい」という言葉には、たぶんそういう気持ちがこめられていたのだ。自分のそばから、だれかがいなくなることのさびしさを知っている人は、そのぶんきっと、だれかがそばにいてくれることの幸せを、たくさん感じられるはずだから。そして、おばあちゃんやお母さんのように、ふつうの毎日を大切に思えるはずだから……。

ハナゾウは、いつの間にか手足をのばしてねむってしまった。グウグウと、大きないびきをかきながら。

わたしは、手にしていたおひなさまに薄紙をかぶせると、そっと箱の中にしまった。

十五　ふたりの絵

「筒井《つつい》君ちに行ってくるね。」

そう言うと、デスクのいすに正座《せいざ》したままうとうとしていたおばあちゃんは、ハッとしたように顔を上げた。

「え？」

老眼鏡《ろうがんきょう》が、鼻の真ん中までずれている。

デスクの上には、新聞広告のチラシと赤ペンが置いてある。どうやら、チラシの特売品に赤丸をつけながら、ねむってしまったらしい。

「筒井君ちに行ってくる。凪人《なぎと》君が、家に帰ってきとるらしいけん。」

さっきより大きな声で言うと、おばあちゃんは、ようやくはっきりと目が覚めたみた

いで、

「ああ、はいはい。」

とうなずいて、老眼鏡をかけなおした。それから、

「あ、ドッグフードが安い。」

とつぶやき、チラシの写真を丸で囲んだ。

入り口でスニーカーをはいて出かけようとしていたら、お父さんがふいにアトリエから現《あらわ》れて、

「ついでに、これ持っていって。」

と、大学ノートくらいの大きさで、辞書くらい厚《あつ》みのある、布《ぬの》に包まれたものをわたしに手わたした。

「なにこれ。」

「うん、プレゼント、筒井兄弟に。」

本当は、聞かなくてもわかっていた。

これはきっと、お父さんがこのところ熱心にかいていた、二枚《まい》の絵なのだ。このまえわたしは、アトリエに掃除機《そうじき》をかけようとして、その絵を見てしまった。

「自分で持っていけばいいのに。」

わたしが言うと、

「いや、そういうのはちょっと……。」

お父さんは、頭をかきながらアトリエにひっこんだ。

わたしは、「やれやれ」と首をふると、外に出た。

風は少しだけ冷たくて、空はうすく曇《くも》っている。坂の下に見える海も、空と同じ、くすんだ色だ。

体を丸めているトラ猫《ねこ》に「おはよー」と声をかけ、わたしは坂道をかけおりた。

筒井《つつい》君の家について玄関《げんかん》のベルをおすと、筒井君より先に、凪人《なぎと》君が出てきてくれた。

「よっ、美舟《みふね》ちゃん。」

と言って手をあげる姿《すがた》は、元気そうだ。

病院で見たときより顔がほっそりとして見えるのは、むくみが取れているからだろうか。それでも、フリースのベストの下には、水色のパジャマを着ていた。

あとから出てきた筒井君は、わたしを見てぺこりと頭を下げ、

「どーも。」

と言って、照れくさそうに笑った。

「美舟ちゃん、入って入って。」

凪人君は、わたしの手をにぎり、裏庭《うらにわ》に面した和室へと引っぱっていった。

そこには、ゲーム用のカードやマンガ本、スケッチブックや色えんぴつなどが散乱《さんらん》していた。

「散らかしとって、ごめんなさいね。ここで、ずっとふたりで遊んどったもんだから。」

筒井君のお母さんはそう言いながら、リンゴジュースの入ったグラスを運んできてくれた。

「いえ、うちも同じようなもんです。」

「あらまあ、そんなことはないでしょう?」

「いいえ、お父さんのアトリエは、もっとすごいです。」

わたしの言葉に、筒井《つつい》君は、

「うん、すごくきたなかったよ。」

とうなずいて、お母さんに「こらっ」と言われていた。

グラスを少し遠ざけて、わたしはお父さんから預《あず》かってきた包みを、座卓《ざたく》の上に静かにのせた。

「なあに、これ。」

凪人《なぎと》君が、包みに顔を近づけた。筒井君も、じっと見ている。

「プレゼントなんだって、お父さんから。」

わたしはそう言いながら、布《ぬの》の結び目をゆっくりとほどいた。そして、中から出てきた二枚《まい》の絵を、筒井君と凪人君から見えやすいように並《なら》べて置いた。

「わっ。」

「えっ。」

筒井君と凪人君が、同時に声をあげる。

それから少しのあいだ、和室はしんと静まった。

しばらくして、筒井君のお母さんが、

「こっちは、きっと凪人のね。」

と、海の絵を指さした。

青空に海鳥が飛び、白い浜辺《はまべ》には子犬が歩いている。お父さんにはめずらしく、とても静かな感じの、けれど明るくのびのびとした絵だった。

「なんで、これがぼくのなん?」

凪人君は、絵からお母さんに目をうつした。

「この海、波がとてもおだやかでしょう? こういうのを、海が凪《な》いでるって言うんよ。凪人の凪の字を使ってね。」

「へえー。じゃあ、こっちは兄ちゃんのだ。」

凪人君は、もう一枚の絵を指さした。

濃《こ》い緑がしげり、色あざやかな鳥が枝《えだ》にとまって、葉っぱのあいだから動物たちが見えかくれしている。ちょっとゆかいな森の絵だ。

わたしの横に座《すわ》っていた筒井《つつい》君のお母さんは、わたしの肩《かた》に手をまわした。

それから、

「ありがとう、美舟《みふね》ちゃん。」

と言って、おでこをわたしの頭にくっつけた。

「この絵、病院に持っていって、かざってもいい？」

凪人《なぎと》君が言うと、筒井君のお母さんは大きくうなずいた。

「兄ちゃんのは、家にかざっといて。オレ、帰ったときに見るのを楽しみにしとくから。」

今度は、筒井君がうなずいた。

ふいに、「ホーホケキョ」、とウグイスの鳴き声が響《ひび》いた。

「カメ、見る？」

と、筒井君が言った。

「見る見る！」

「見るーっ。」

わたしと凪人君は、すぐに返事をして立ち上がった。

裏庭《うらにわ》にまわり、三人並《なら》んで池をのぞいた。

すきとおった水の中、ホテイアオイの下で、カメのキサブローはゆらりゆらりと歩いていた。

「かわいい。」

凪人君が、つぶやいた。

筒井君は、横に立っている凪人君の手をしっかりとにぎっている。たぶん、凪人君が転んだり池に落ちたりしないように、だ。

わたしは思わず池に向かって、

「がんばれ、元気で大きくなれっ。」

とさけんでいた。

十六　桜《さくら》の花、舞《ま》いあがる

いっせいに桜が咲《さ》いて、千光寺山《せんこうじやま》の斜面《しゃめん》を淡《あわ》いピンクに染《そ》めている。

坂の下から見上げれば、頭上に広がる霞《かすみ》のようだし、坂の上から見下ろすと、ふわふわとした花畑のようだ。

四月に入って間もなくの朝、カズ君が引《ひ》っ越《こ》しの準備《じゅんび》を終えて挨拶《あいさつ》に来た。

今日、尾道《おのみち》を出ていくそうだ。

いつもはデスクに座《すわ》っているカズ君が、ソファに腰《こし》かけているのが、不思議な気がした。

「お母さんに、スーツを買ってもろうた？」

いつもどおり、デスクのいすに正座《せいざ》をしているおばあちゃんが聞くと、カズ君は照れた様子でうなずいた。

「いつもの服でいいって言ったんすけどね、母が、入学式はみんなスーツだからって言うもんで。」

「あたりまえよ、カズ君、まさかドクロの絵がついたTシャツなんて着ていくつもりじゃなかったでしょうね。」

お母さんが笑いながら言うと、カズ君は、

「いや、ちゃんとネクタイのイラストがかかれたシャツを持っとるんで。」

と真顔で言ったからおどろいた。

しかも、「今日は挨拶だし、こうして着てきました」と、上に着ていた青いジャケットの前を開けて見せてくれた。

たしかに白いTシャツに、青と紺《こん》のボーダーのネクタイがかかれている。カズ君のセンスは、たぶん天然だ。

ハナゾウが、ずっとカズ君の足にまとわりついている。「クウクウ」と悲しげな声を出しているけれど、カズ君がいなくなってしまうことがわかるのだろうか。

「カズ君、いよいよじゃねえ。わくわくしとるじゃろう？」

おばあちゃんが聞くと、カズ君は「んー」と首をかしげた。

「正直、不安っす。みんなぼくより年下だし、勉強だって、ついていけるかどうか……。ずっとここにおったら楽しい毎日を過ごせとったのに、これでよかったんかなって、ちょっと思うんす。」

そう言って、目をふせた。

「なに言うとるん。」

おばあちゃんは、大きな声を出した。

「せっかくやりたいことが見つかったんなら、いっしょうけんめいがんばりんさい。うちのあのダメ息子だって、ひとりで東京でがんばっとったんよ。」

「はあ。」

「カズ君ならだいじょうぶ。こんなにええ子なんだけん、どこにいたってやっていけるよ。」

「ええ子って……いちおう大人なんすけど。」

カズ君は、顔を上げて笑った。

そして今、おばあちゃんからダメ息子と言われたお父さんは、坂下の駐車場《ちゅうしゃじょう》に置いていたポンコツ車に乗って、奈良《なら》への道を急いでいるはずだ。

昨日の夜、「奈良の桜《さくら》がきれいらしいな」と言っていたかと思ったら、朝はもう家にいなかった。「ちょっと見てくる」と言って、早朝に出ていってしまったらしい。

「ちょっと」、という距離《きょり》ではないと思うのだけれど。

「ところで、本当に引《ひ》っ越《こ》しは手伝わなくてよかったの？」

お母さんの言葉に、カズ君はうなずいた。

「はい。荷物も少ないし、母が手伝ってくれとるんで。」

「そう。食事をしっかりとって、とにかく体に気をつけるのよ。」

お母さんは、カズ君の背中《せなか》をぽんっとたたいた。

それを合図にしたかのように、

「じゃあぼく、そろそろ行きます。」

と、カズ君は立ち上がった。

「え、もう行くん？」

「うん、引《ひ》っ越《こ》しトラックがもうすぐ来るけん。美舟《みふね》ちゃん、元気でね。」

「カズ君も、元気でね。」

「うん。」

みんな、だまったままで外に出た。

あたりまえのようにくっついてきて、足元をウロウロしていたハナゾウを、お母さんがだきあげる。

家のそばにある桜《さくら》の木は、今が満開だ。

見上げると、重なる花びらの向こうの空は、青く澄《す》んでいた。

「今まで、ありがとうございました。」

カズ君が、わたしたちに向かって頭を下げた。

「ううん、こっちのほうこそ、ありがとう。」

「ありがとうね、カズ君。気いつけて行きんさい。」

「……お別れって、やっぱりさびしいね。」

わたしが言うと、そばに立っていたおばあちゃんは、右手でわたしの左手をそっとにぎった。

そしてもう一方の手で、カズ君の手をとった。

「美舟もカズ君も、これからきっとたくさんの人と出会って、別れていくよ。すごく楽しいことが待っているだろうし、悲しいことだって起こると思う。」

こんなときに、どうしてそんな、不幸の予言みたいなことをするのだろう。わたしは少しムッとした。

「でもね、いくら悲しくてもつらくても、まあ、なんとかなるよ。」

「は？」

「へ？」

「つらいことが起こったら、それが永遠に続くみたいな気がしてしまうもんだけど、そんなことはないけんね。時間がたてば、いろんなことが変わっていくから。大切なのは……。」

「コツコツと働いて、地道にまっとうに生きていくこと。」

わたしはふざけて言ったのに、おばあちゃんはまじめな顔でうなずいた。

「そのとおり。」

コツコツと働いて、地道にまっとうに——。大きな夢とか未来とかって、きっと、そういうことの先にあるものなんだろう。

わたしは、おばあちゃんの手をにぎりかえした。

そしてカズ君の手は、おばあちゃんの手からするりとはなれた。

「じゃあ、さようなら。」

その手をふって背中《せなか》を向けると、カズ君は坂道を下りはじめた。

「ありがとう、カズ君、さよなら！」

わたしがさけぶと、カズ君は一度だけふりむいて、にこりと笑った。

そしてまた、坂道を下る。

強い風が吹《ふ》き、桜《さくら》の花びらをいっせいに舞《ま》いあげた。

大きくうずを巻《ま》く花びらの中、背《せ》の高いカズ君のうしろ姿《すがた》が、少しずつ小さくなっていく。

道の先に見える瀬戸内海《せとないかい》は、ガラス細工のように、キラキラと輝《かがや》いている。

おまけ

きょうのハナゾウ

ああ、おなかすいた……。

今朝のドッグフードは、いつもよりちょっと少なかったみたいな気がするけど、もしかして美舟《みふね》ちゃん、量をまちがえとったんじゃないだろうか。

そのうえ今日は、朝から仕事をふたつもこなしたけん、おなかがすくのはあたりまえなんだ。

午前中は、坂の上に住んどる、西村《にしむら》のおばあさんの話し相手をした。

いつもカズ君を話し相手にしとった西村さんは、カズ君がいなくなってから、たいくつでたまらなくなったらしい。桜《さくら》が散ったころ「だれでもええけん、大正琴《たいしょうごと》を聞きに来て」と、べんり屋寺岡《てらおか》に電話してきた。

おばあちゃんが冗談《じょうだん》まじりに、「今はみんな忙《いそが》しゅうて、手が空いとるのはハナゾウだけなんよ」と言ったら、なんと西村さんは、「ハナゾウでええけん」と言ったそうだ。

その日からぼくは、ときどき西村さんちに連れていかれて、大正琴や自作の俳句《はいく》、孫の自慢《じまん》話を聞かされるようになってしまった。

正直ちょっとたいくつで、お座《すわ》りしたまま居眠《いねむ》りしとったら、「いいねえハナゾウは、カズ君と同じくらい無口で聞き上手だ」と、ほめられた。カズ君、いったいどれだけ無口だったんだろう。

ちなみに仕事の報酬《ほうしゅう》は、犬用おやつ『ワンちゃんとびつくプレミアム乾燥《かんそう》ささみ』、ひと袋《ふくろ》だ。

午後は、お父さんの絵のモデルをした。

お父さんは、ぼくのルックスをずいぶん気に入ったらしくて、毎日のようにぼくの絵をかいとる。近いうちに、HANAZO-展《てん》というものまでやるらしい。さっきは、「がんばれ、しっかり働け！」と励《はげ》ましてやったのに、「こらこらほえるな」と言われてしまった。

でも、ちゃんとかいてほしいんだ。ぼくの前の家族だった花《はな》さんも、来ることになっとるけんね。

美舟ちゃん、早く帰ってこないかな。帰ってきたら、きっとすぐに散歩だな。

細くて急な坂道は、足の短いぼくにはきつい。それに美舟ちゃんは、ときどき坂から見下ろして、「今日も海がきれいだねえ、ハナゾウ」なんて言うけれど、美舟ちゃんのひざより低い位置におるぼくには、海なんてほとんど見えやしないんだ。ノラ猫《ねこ》ににらまれることも、しょっちゅうだし。

細い坂道を一歩一歩、上ったり下ったり。雨が降《ふ》っても風が吹《ふ》いても、上ったり下ったり。昨日も今日も、そして明日も、そのくりかえし。

それでもやっぱり、美舟ちゃんと並んで歩く時間は幸せだ。

そういえばこのあいだ、散歩中に女の人がふたり、「あなたたち、美舟ちゃんとハナゾウね！」なんて言いながら近寄《ちかよ》ってきた。「今、寺岡家のお話を書いてるの」と言っていたその人は、本を書く人で、そばにいたのは編集者《へんしゅうしゃ》さんって人らしい。

ふたりはぼくの頭をなでたあと、「もう、のどがカラカラよぉ」だの「カフェどこー、どこにあるのー」だのと言いながら、よたよたと坂道を上っていった。

あんなんで、ちゃんと本ができるのかなあ。

ああ、それにしても、おなかすいた。

中山 聖子（なかやま せいこ）　作者
1967年、山口県に生まれる。小川未明文学賞大賞受賞作品「夏への帰り道」を加筆修正した、『三人だけの山村留学』（学研）でデビュー。以降、『チョコミント』（学研。さきがけ文学賞受賞作品「チョコミント」を加筆修正)、『奇跡の犬 コスモスにありがとう』(角川学芸出版。角川学芸児童文学賞受賞作品「コスモス」を加筆修正)、『ツチノコ温泉へようこそ』、『ふわふわ　白鳥たちの消えた冬』（ともに福音館書店)、『春の海、スナメリの浜』（佼正出版社）などを刊行。本作は『べんり屋、寺岡の夏。』『べんり屋、寺岡の秋。』『べんり屋、寺岡の冬。』（文研出版）につづき、「べんり屋、寺岡」シリーズ4作目となる。山口県宇部市に暮らしながら、執筆活動を行っている。日本児童文芸家協会・日本児童文学者協会会員。

装丁・装画／本文デザイン　濱中 幸子

文研じゅべにーる
べんり屋、寺岡の春。

2016年1月30日　第1刷
2022年4月30日　第4刷

ISBN978-4-580-82267-2
NDC913　A5判　168p　22cm

作　者　中山 聖子

発行者　佐藤諭史
発行所　文研出版
〒113-0023　東京都文京区向丘2丁目3番10号
〒543-0052　大阪市天王寺区大道4丁目3番25号
代表 (06)6779-1531　児童書お問い合わせ (03)3814-5187
https://www.shinko-keirin.co.jp/

印刷所／製本所　株式会社太洋社